Scheol – Reich der Toten

SIMON WEIPERT

Scheol – Reich der Toten

Bibliografische Information der Deutschen Nationalbibliothek:
Die Deutsche Nationalbibliothek verzeichnet diese Publikation
in der Deutschen Nationalbibliografie; detaillierte bibliografische
Daten sind im Internet über https://portal.dnb.de/ abrufbar.

© 2022 Simon Weipert
Grafik: Mr Dasenna/ Venot/ Shutterstock.com
Satz, Umschlaggestaltung, Herstellung und Verlag:
BoD – Books on Demand, Norderstedt

ISBN: 978-3-7568-0728-4

Nach jahrzehntelanger, leiderfüllter Irrfahrt jenseits der Grenzen dieser Welt erblickte der einsame Seefahrer die nebelverhangene Küste eines fernen Landes. War es die ersehnte Heimat oder ein abweisender, ungastlicher Ort, an dem das fremde Schiff ihn im Schlaf zurückgelassen hatte? Je länger er grübelte, desto stärkere Verzweiflung übermannte ihn, bis ihn schließlich tiefe Benommenheit von seiner Qual erlöste. Als er die Augen öffnete, hatte der Nebel sich zu lichten begonnen, und die ersten Sonnenstrahlen durchdrangen das Grau des Himmels. Ohne dass er sie zuvor bemerkt hätte, hatte sich ihm eine großgewachsene, schwarzhaarige Frau genähert, die ihn mit ihren runden, ausdrucksvollen Augen ansah und fragte: »Erkennst du die Insel, den Hafen, den Baum und die Grotte neben der Einfahrt, die steilen Berge?« Nachdem er diese Worte vernommen hatte, vergoss der Seefahrer Tränen der Rührung, fiel auf die Knie und küsste den Strand seiner Heimat. Als er aufstand, war die geheimnisvolle Frau verschwunden, doch zeigte sich ihm die Landschaft vor seinen Augen in immer größerer Klarheit. Auch wenn sich in den Jahren seit seiner Abreise vieles verändert hatte, war es doch das Land seiner Jugend, in dem er in ein neues Leben zurückkehren würde ...

Als Rebecca aus ihrem kurzen Schlaf erwachte, steckte sie das Buch in die Tasche vor ihrem Sitz und blickte aus dem Fenster auf die graue Wolkendecke unter ihr. Der Tag ihrer Amerikareise hatte für sie und ihren Freund Christian früh begonnen, und die Karte auf dem Bildschirm vor ihr zeigte, dass ein großer Teil des Fluges von Frankfurt nach Boston noch vor ihnen lag.

»Ich habe ein wenig geschlafen, nachdem wir heute Morgen so früh aufgestanden sind«, sagte Rebecca zu Christian.

»Ich auch«, antwortete Christian und fuhr fort: »Gut, dass du wenigstens genug Lesestoff mitgenommen hast.«

»Stimmt. Die *Odyssee* passt ja auch ganz gut zu unserer heutigen Reise.«

»Richtig. Bis zu unserer Ankunft in Ithaka wird es aber noch etwas dauern, so dass du viel Zeit hast, dich in die Geschichte zu vertiefen.«

»Ja«, erwiderte Rebecca, und beide lachten.

Es war ihre erste gemeinsame Reise, die sie einige Monate nach dem Abitur und kurz vor dem Beginn ihres Studiums unternahmen, nachdem Rebeccas Großmutter sie zu einem Besuch nach Amerika eingeladen hatte. Rebecca lebte seit einigen Wochen in einer eigenen kleinen Wohnung in Frankfurt, nachdem sie im Frühsommer die Aufnahmeprüfung für die Musikhochschule bestanden hatte und damit ihrem Plan, Pianistin zu werden, einen wesentlichen Schritt nähergekommen war. Auch Christian hatte ein Zimmer in einem Studentenwohnheim im Osten Frankfurts gefunden und bereitete sich auf sein Studium der Fächer Anglistik und Geschichte vor.

Während ihrer Schulzeit hatte Rebecca nach der Scheidung ihrer Eltern mit ihrer zwei Jahre jüngeren Schwester Judith bei ihrem Vater gelebt, der vor 25 Jahren mit Rebeccas Mutter nach Frankfurt gekommen war, um eine Stelle als Mathematikprofessor anzutreten, während ihre Mutter Dozentin am Konservatorium war und ab und zu als Pianistin Konzerte gab.

Christians Eltern lebten zwar noch gemeinsam in einem Haus in Bad Homburg, doch war ihre baldige Trennung absehbar, und auch Christian war froh gewesen, als er nach dem Abitur von zu Hause ausziehen konnte.

Nachdem Rebecca und Christian etwa eine Stunde lang Musik gehört hatten, wandte sich der Flugkapitän mit einer Information an die Passagiere:

»Vor uns liegt ein ausgedehnter Sturmwirbel, einer der herbstlichen Orkane, wie sie zu dieser Jahreszeit recht häufig sind. Da über dem Nordatlantik starker Verkehr herrscht, können wir unsere Route leider nicht ändern. Es kann also in den kommenden Stunden sehr turbulent werden. Ich möchte Sie deshalb bitten, stets angeschnallt zu bleiben und sich nur dann von Ihrem Platz zu entfernen, wenn es wirklich unumgänglich ist.«

Als Rebecca und Christian aus dem Fenster sahen, bemerkten sie, dass sie von dichtem, hellgrauem Nebel umgeben waren, während sich die ersten Turbulenzen bemerkbar machten, die rasch heftiger wurden. Nach wenigen Minuten war das Flugzeug von dunklen Wolken umhüllt, durch die nur wenig Licht drang, als ob sie einer immer tieferen Dunkelheit entgegenflögen. Gleichzeitig wurden sie wie auf den haushohen Wellen eines stürmischen Ozeans abwechselnd in die Höhe gehoben und in die Tiefe gerissen, während das Heulen des Sturms beinahe das Geräusch der Triebwerke übertönte.

Einige Zeit später meldete sich der Kapitän erneut: »Es tut mir leid, dass wir in diese Turbulenzen geraten sind. Unter uns tobt ein Orkan mit Windgeschwindigkeiten von über 250 Stundenkilometern. Sie brauchen keine Bedenken zu haben. Das Flugzeug ist für solche Belastungen ausgelegt.«

Obwohl Rebecca aus ihrer Erfahrung als Hobbypilotin wusste, dass er recht hatte, konnte sie doch zum ersten Mal an Bord eines Flugzeugs ein wachsendes Unbehagen nicht unterdrücken. Rebecca und Christian sahen sich an, und Rebecca drückte Christians Hand, während sie beide bemerkten, dass viele andere Passagiere leichenblass waren.

Je mehr Zeit verging, desto stärker spürten Rebecca und Christian, wie sehr sie inmitten des Sturms einer durch nichts zu beherrschenden Gewalt ausgeliefert waren, die sie mehr als je zuvor die Endlichkeit und Zerbrechlichkeit ihres Lebens spüren ließ. Nach etwa einer Stunde ließ der Orkan kurz nach, doch der Kapitän warnte die Passagiere, dass eine Zone noch schwererer Turbulenzen vor ihnen liege, und bat sie dringend, auf keinen Fall ihren Sitzplatz zu verlassen.

Wenige Augenblicke später drückte eine heftige Bö eine Tragfläche weit nach oben, so dass das Flugzeug sich beinahe um 45 Grad drehte. Noch bevor Rebecca und Christian sich von dem Entsetzen befreien konnten, das sie befallen hatte, neigte sich der Flugzeugrumpf nach unten, und sie verloren immer rascher an Höhe, während die Wolken dichter und dichter und die Dunkelheit immer undurchdringlicher wurde und heftige Erschütterungen das Flugzeug beinahe zu zerreißen drohten. Rebecca schloss die Augen und fühlte sich inmitten der Schreie und des infernalischen Lärms, der die Kabine erfüllte, wie nie zuvor dem Ende ihres Lebens nahe. Nur Christians Anwesenheit spendete ihr Trost, während das Flugzeug dem Verderben entgegentaumelte. Christian ergriff Rebeccas Arm, und beide blickten einander mit einer Mischung aus Todesangst und Hoffnung an, als ihre Höllenfahrt plötzlich endete. Während sie langsam wieder an Höhe gewannen, sahen Rebecca und Christian, dass einige

Passagiere ohnmächtig geworden waren, während sich in den Gesichtern der anderen die Erschütterung widerspiegelte, die die Begegnung mit dem Tod in ihrer Seele hinterlassen hatte. Rebecca versuchte, Christian Mut zuzusprechen, indem sie sagte: »Ich glaube, es ist vorbei.« Beide schauten einander mit einem Ausdruck tiefer Verbundenheit ins Gesicht, während der Kapitän die Reisenden mit einer kurzen Durchsage zu beruhigen versuchte:

»Wie Sie sicher bemerkt haben, befinden wir uns wieder in einer stabilen Fluglage und werden bald unsere Reiseflughöhe wieder erreichen. Zuvor haben extrem starke Fallwinde zu einem großen Höhenverlust geführt. Ich kann Ihnen aber versichern, dass jetzt mit großer Wahrscheinlichkeit das Schlimmste hinter uns liegt und dass wir in etwa zwei Stunden auf dem schnellsten Weg Boston erreichen werden.«

Kurz darauf sahen Rebecca und Christian, dass die Wolken, die sie umgaben, langsam heller und dünner wurden und dass schließlich die Sonne den Nebel durchdrang. »Wir haben es geschafft«, sagte Rebecca und fuhr fort: »In den letzten Minuten hatte ich zum ersten Mal Angst um mein Leben, obwohl ich im tiefsten Inneren wusste, dass alles gut ausgehen würde.« Christian nickte, und beide umarmten einander, während viele Mitreisende vor Erleichterung weinten.

Nach der Landung in Boston fragten Angestellte der Fluggesellschaft die Fluggäste, ob sie Hilfe benötigten und gegebenenfalls ihre Weiterreise auf den nächsten Tag verschieben wollten. Rebecca und Christian entschieden sich jedoch, sofort weiterzufliegen, und erreichten gegen Abend Ithaca im Staat New York, wo Rebeccas Großmutter sie am Flughafen abholte.

Auf der kurzen Fahrt zu dem Haus, in dem Rebeccas Großmutter allein lebte, nachdem ihr Mann vor einigen Jahren verstorben war, erzählte Rebecca ihr, was sich ereignet hatte. »Ich bin froh, dass ihr in Sicherheit seid«, erwiderte sie. »Ich auch«, sagte Rebecca mit Tränen in den Augen, bevor sie einige Minuten später das Haus erreichten, in dem sie die nächsten zwei Wochen verbringen würden. Es war ein älteres Gebäude mit einer rötlichen Backsteinfassade, vor dem sich ein Garten mit großen Laubbäumen erstreckte, deren Blätter in ihren herbstlichen Farben leuchteten. Nach ihrer Ankunft zeigte ihnen Rebeccas Großmutter das Haus und ihr Zimmer. Als Rebecca in den Spiegel im Bad blickte, sah sie, dass ihre dunkelbraunen Locken noch immer etwas zerzaust wirkten, obwohl sie sich nach der Ankunft in Boston kurz gekämmt hatte, und auch Christian war die Anspannung der letzten Stunden noch anzusehen. Rebecca war etwas kleiner als Christian und ähnelte mit ihrem zierlichen Körperbau und ihren braunen Augen ihrer Großmutter, während Christian seine blauen Augen und braunen Haare mit seinem Vater gemeinsam hatte. Nachdem sie geduscht hatten, fühlten sie sich besser und trafen Rebeccas Großmutter im Wohnzimmer zum Abendessen.

»Ich habe dich vor zehn Jahren zum letzten Mal gesehen«, sagte sie zu Rebecca. »Du bist inzwischen eine erwachsene junge Frau geworden ... und hast männliche Verstärkung mitgebracht.« Anschließend fuhr sie, zu Christian gewandt, fort:

»Es freut mich, dich kennenzulernen. Rebecca hat schon oft von dir gesprochen ... Übrigens, mein Name ist Susan. Du kannst mich gerne auch so nennen.«

»Ich habe auch schon viel von dir gehört und freue mich, dich zu sehen«, erwiderte Christian.

»Ich glaube, wir werden uns in den nächsten beiden Wochen einiges zu erzählen haben«, sagte Susan und fuhr fort: »Aber zuerst müsst ihr euch nach dem nervenaufreibenden Flug gründlich ausschlafen ... Ich habe übrigens vorhin gelesen, dass auch andere Flugzeuge auf dieser Strecke mit starken Turbulenzen zu kämpfen hatten. Offenbar war der Sturm weit heftiger, als die Meteorologen es erwartet hatten. Aber euch hat es wohl leider besonders schlimm erwischt.«

»Ja«, entgegnete Rebecca. »Mir wird erst jetzt ganz bewusst, wie gefährlich die Situation war. Was uns da zugestoßen ist, zeigt, wie nahe wir manchmal mitten im Leben dem Tod sind.«

»Leider ist es so«, sagte Susan und fuhr fort: »Aber jetzt ist alles vorbei, und wir werden zwei schöne Wochen gemeinsam verbringen.« Rebecca und Christian nickten, bevor sie sich kurz darauf von Susan verabschiedeten und sich auf die Nacht vorbereiteten.

»Auch mir ist erst in den letzten Stunden klargeworden, wie

knapp wir möglicherweise dem Tod entronnen sind«, sagte Christian. Beide umarmten einander lange, um sich zu trösten und zu beruhigen, bevor sie zu Bett gingen und bis zum nächsten Vormittag fest schliefen.

Am folgenden Tag erkundeten Rebecca und Christian mit Susan die Stadt und die Umgebung mit ihren Seen, Wasserfällen und Hügeln. Gemeinsam durchstreiften sie längere Zeit die ausgedehnten Laubwälder, deren herbstliche Farben in Rebecca ein Gefühl friedlicher Idylle und melancholischer Endlichkeit weckten, wie sie es seit ihrer Kindheit öfter empfunden hatte. Während ihrer kleinen Wanderung erzählten Rebecca und Christian Susan von ihren letzten beiden Jahren an einem Frankfurter Gymnasium, wo ihre Beziehung vor etwa neun Monaten begonnen hatte, und sprachen über ihre Pläne für die Zukunft. Während Christian noch nicht genau wusste, welchen Weg er später einschlagen würde, arbeitete Rebecca schon seit einiger Zeit an einer Karriere als Pianistin und hoffte, bald ein erstes größeres Konzert geben zu können.

»Was spielst du denn gerade?«, fragte Susan.

»Derzeit beschäftige ich mich vor allem mit der h-Moll-Sonate von Franz Liszt. Dafür werde ich wohl noch einige Zeit brauchen«, antwortete Rebecca.

»Das kann ich verstehen. Dieses Stück ist ja auch ungeheuer schwer ... In ihm drücken sich abgründige Bedrohung, aber auch Zuversicht aus, als ob schließlich das Leben über den Tod triumphierte, obwohl die Bedrohung am Ende nicht ganz vergeht.«

»Das stimmt. Ich empfinde es genauso.«

»Auf jeden Fall freut es mich, dass du in die Fußstapfen deiner Ur-Urgroßmutter treten wirst. Sie wäre mit Sicherheit sehr stolz auf dich, genauso wie ich, denn du weißt ja, dass ich auch mit dem Gedanken gespielt habe, Pianistin zu werden, bevor ich mich schließlich doch für ein Medizinstudium entschieden habe.«

»Ich weiß ... Aber ich glaube, du warst auch als Ärztin ziemlich glücklich.«

»Ja. Ich habe meine Entscheidung nie bereut, obwohl ich noch heute gerne Klavier spiele«, antwortete Susan.

»Für dich ist es nur ein Hobby. Das hat auch seine Vorteile.

Du stehst nicht unter ständigem Druck und brauchst nicht die eiserne Disziplin, die meine Mutter mir von Kindheit an eingebläut hat.«

»Ja«, entgegnete Susan und sah Rebecca aufmerksam ins Gesicht. »Die Beziehung zu deiner Mutter ist ein schwieriges Kapitel in deinem Leben ... Ich weiß, dass das Üben für dich keinesfalls ein reines Vergnügen, sondern harte Arbeit ist, bei der du dich nicht einfach weichen, romantischen Gefühlen hingeben darfst.«

»Das stimmt«, entgegnete Rebecca. »Aber manchmal tue ich es doch, auch wenn dann vielleicht die Genauigkeit ein wenig zu wünschen übriglässt.«

»Das ist auch gut so«, sagte Christian.

»Da muss ich dir recht geben«, erwiderte Susan, und alle lachten.

Kurz bevor sie in die Stadt zurückkehrten, fragte Susan:

»Wollt ihr bald in eine gemeinsame Wohnung ziehen?«

»Ja, ich glaube, es wird nicht mehr allzu lange dauern«, antwortete Rebecca, und Christian nickte.

Als die drei einige Stunden später nach dem Abendessen vor dem Kamin saßen, sagte Rebecca zu Susan:

»Du hast bei unserem Spaziergang meine Ur-Urgroßmutter erwähnt. Hast du eigentlich noch Fotos von ihr?«

»Ja, und ich habe sogar noch eine alte Schallplatte, auf der sie zu hören ist ... Sie war ja als Pianistin sehr erfolgreich, nachdem sie mit ihren Eltern Anfang der dreißiger Jahre des letzten Jahrhunderts aus der Ukraine nach Amerika gekommen war«, antwortete Susan und holte mehrere Fotoalben und eine Schallplatte aus einem Schrank.

Susan zeigte Rebecca und Christian die Fotos und sagte, zu Rebecca gewandt:

»Das ist deine Ur-Urgroßmutter Nadjeschda im Alter von etwa 30 Jahren kurz vor der Auswanderung nach Amerika. Sie hatte trotz der unglaublichen Schwierigkeiten, mit denen Juden damals in Russland zu kämpfen hatten, einen Platz an einem Konservatorium bekommen und war Pianistin geworden. Auf diesem Foto sieht man sie zusammen mit ihrem Vater, der

Lehrer an einem Gymnasium in Odessa war. Soweit ich weiß, stammten seine Vorfahren aus Galizien … Auf jeden Fall ist Nadjeschda im Jahr 1931 mit ihren Eltern in die USA ausgewandert. Sie hat dort, wie schon in der Ukraine, an mehreren Konservatorien unterrichtet und ihre Karriere als Pianistin weiterverfolgt. Leider habe ich nur diese eine Schallplatte von ihr … Sie hatte zwei Töchter, Caroline und Rebecca, deine Urgroßmutter. Sie war Geologin und hat 1963 in Italien eine Staudammkatastrophe miterlebt, ein traumatisches Erlebnis, mit dem sie ihr ganzes Leben lang zu kämpfen hatte.«

»Die Flutwelle im Vajont-Stausee …«, sagte Rebecca.

»Richtig. Charles, dein Vater, hat dir wahrscheinlich die Geschichte erzählt.«

»Ja«, erwiderte Rebecca.

»Kurz nachdem sie 1963 nach Amerika zurückgekehrt war, hat sie geheiratet, und bald danach wurde ich geboren. Wir haben lange Zeit in der Nähe von Boston gelebt … Hier kam auch dein Vater zur Welt.«

Nachdem Susan Rebecca die Fotos aus dieser Zeit gezeigt hatte, fuhr sie fort:

»Du weißt, wie es danach weiterging. Charles hat kurz nach dem Abschluss seines Studiums deine Mutter kennengelernt und bekam bald darauf das Angebot einer Professur in Frankfurt. In seinem Beruf war er sehr erfolgreich, aber leider ist die Beziehung zu deiner Mutter zerbrochen.«

»Ja, und auch meine Beziehung zu ihr. Sie hasst mich regelrecht, und wir haben schon seit der Scheidung keinen Kontakt mehr zueinander.«

»Ich weiß …«, erwiderte Susan und umarmte Rebecca.

»Weißt du eigentlich auch etwas über die Vorfahren meiner Mutter?«, fragte Rebecca.

»Nicht viel«, entgegnete Susan. »Immerhin habe ich erfahren, dass die Großmutter deiner Mutter, also eine deiner Urgroßmütter, in Rumänien geboren wurde, wohin ihre Eltern nach dem Ersten Weltkrieg aus der Sowjetunion ausgewandert waren, weil ihre Familie dort Verwandte hatte. Im Jahr 1944 ist sie dann unter dramatischen Umständen nach Palästina geflohen. Sie war an Bord der »Mefkure«, eines Schiffes, das jüdische Flüchtlinge nach Palästina bringen sollte und auf der Fahrt dorthin versenkt wurde. Sie war eine der wenigen Überlebenden und hat es am Ende nach Palästina geschafft. Von ihrer Tochter, deiner Großmutter, weiß ich, dass sie in Israel aufgewachsen ist, als Sanitätssoldatin den Jom-Kippur-Krieg miterlebt hat und danach in die USA ausgewandert ist. Einzelheiten aus dem Leben der beiden kenne ich freilich nicht.«

»Das ist eine ganze Menge ... Vielleicht kann ich eines Tages mehr herausfinden, auch wenn die Beziehung zu meiner Mutter völlig zerrüttet ist«, sagte Rebecca.

»Charles weiß sicher mehr ... Aber wahrscheinlich spricht er nicht gerne darüber.«

»Ja, so ist es«, entgegnete Rebecca.

»Vielleicht sollten wir jetzt ein wenig Musik hören«, schlug Susan nach einem Augenblick vor.

»Ja, gerne«, erwiderte Rebecca.

Daraufhin hörten sich die drei die Schallplatte an, auf der Nadjeschda Nocturnes von Frédéric Chopin spielte.

»Nadjeschda war wirklich eine hervorragende Pianistin«, sagte Rebecca zum Schluss.

»Ja, ich bin froh, dass ich diese Platte noch habe.«

»Auf diese Weise habe ich sie einmal spielen hören. Außerdem weiß ich jetzt, wie sie aussah, und kenne ihre Geschichte ein wenig besser.«

»Es ist schön, dass ich ein wenig dazu beitragen konnte«, antwortete Susan, bevor sie kurz darauf zu Bett gingen.

In den nächsten beiden Wochen unternahmen Rebecca und Christian mehrere längere Fahrten in die weitere Umgebung Ithacas. Nach einer ersten Reise zu den Niagarafällen führte sie ihr zweiter Ausflug nach Vermont und in die Berkshire Mountains im Westen von Massachusetts. Während der Fahrt durch die herbstlichen Wälder sagte Rebecca zu Christian:

»Diese Landschaft im Herbst wirkt auf mich zutiefst friedlich, aber sie weckt in mir auch Gedanken an Tod und Endlichkeit.«

»Mir geht es ganz ähnlich, vor allem nach unserem Erlebnis während des Fluges hierher«, antwortete Christian.

»Ja ... Auch an den Niagarafällen musste ich an den Sturm und den Absturz denken, dem wir vielleicht nur knapp entgangen sind.«

»Diese Begegnung mit dem Tod wird uns vielleicht unser ganzes Leben lang begleiten«, sagte Christian.

»Wahrscheinlich«, entgegnete Rebecca und senkte den Kopf. »Aber wir sollten uns davon nicht abschrecken lassen ... Irgendwo lauern immer Gefahren, aber in den meisten Fällen können wir sie überwinden, wie Odysseus es auch getan hat, auch wenn seine Gefährten die Reise ans Ende der Welt nicht überlebt haben.«

»Das stimmt ... Die Geschichte hat etwas Faszinierendes an sich. Sie beschreibt auf phantasievolle Weise grundsätzliche Erfahrungen, die Menschen zu allen Zeiten machen ... Dazu gehört vielleicht auch der Abstecher in die Unterwelt.«

»Ja ... Heute halten die meisten so etwas für reine Phantasie, aber ich glaube, dass Erzählungen über das, was die Griechen den Hades nannten, im übertragenen Sinn einen wahren Kern haben könnten.«

»Das glaube ich auch ... So etwas wie die Unterwelt gibt es doch auch in der jüdischen Religion ...«

»Ja, auf Hebräisch heißt die Unterwelt Scheol, das Reich der Toten.«

»Du hast recht ... Es gibt sicher so einiges, was viele von uns für undenkbar halten. Zwar wissen wir heute mehr als die Menschen der Vergangenheit, aber letzten Endes ist auch unsere Kenntnis der Welt nur ein Ausschnitt aus einer sehr viel größeren Wirklichkeit.«

»Stimmt«, antwortete Rebecca, bevor sie ihr Hotel an einem kleinen See im Westen von Massachusetts erreichten.

Am übernächsten Tag kehrten sie nach Ithaca zurück, und bald darauf ging ihre Amerikareise zu Ende.

Am Abend vor ihrer Heimreise hörten sie mit Susan noch einmal die Schallplatte, die Nadjeschda aufgenommen hatte, und betrachteten die Bilder von Rebeccas Vorfahren.

»Zu Hause werde ich versuchen, mehr über sie herauszufinden, auch über die die Urgroßeltern und die Großeltern meiner Mutter und über die Umstände, unter denen sie gelebt haben«, sagte Rebecca nach einer Weile.

»Ich glaube, das ist eine gute Idee. Dadurch wird das Handeln der Menschen oft ein wenig verständlicher«, antwortete Susan, bevor Rebecca nach einem Augenblick fortfuhr:

»Das würde zwar die Beziehung zu meiner Mutter nicht unbedingt einfacher machen, aber ich würde zumindest mehr über die Bedingungen erfahren, unter denen sie aufgewachsen ist.«

»Da hast du recht«, entgegnete Susan und umarmte Rebecca, bevor alle drei zu Bett gingen.

Als sie sich am nächsten Tag am Flughafen voneinander verabschiedeten, versprachen sie sich, ihren Besuch bald zu wiederholen. Susan wünschte Rebecca und Christian einen guten und sicheren Flug und drückte Rebecca ein letztes Mal fest an sich, bevor die beiden das Flugzeug bestiegen.

Der Rückflug verlief freilich ohne Zwischenfälle und Turbulenzen, so dass Rebecca und Christian sogar ein wenig schlafen konnten, bevor sie im Morgengrauen des nächsten Tages in Frankfurt landeten.

Anschließend fuhren die beiden zu Rebeccas Wohnung im Westend und verbrachten den Rest des Tages miteinander.

In den nächsten Wochen las Rebecca, wie sie es sich vorgenommen hatte, mehrere Bücher über jüdische Flüchtlinge aus Osteuropa, die Versenkung der »Mefkure« und die Geschichte Israels.

Als Rebecca und Christian eines Abends im November in Rebeccas Wohnung saßen, sagte Rebecca:

»Ich verstehe jetzt etwas besser, wie meine Mutter aufgewachsen ist und wie meine Vorfahren gelebt haben müssen. Das erklärt so einiges«.

»Ja«, erwiderte Christian. »Man braucht eine unglaubliche Willenskraft, um unter diesen Umständen zu überleben.«

»Diese Willensstärke und Härte gegen sich selbst hat meine Mutter dann auch von mir erwartet.«

Christian nickte und antwortete nach einem Augenblick: »Ich hatte es da glücklicherweise etwas leichter ... Die Erwartungen meiner Eltern waren nicht ganz so hoch. Freilich habe ich auch nicht so diszipliniert Klavier geübt wie du und werde auch kein Konzertpianist werden. Für mich war die Musik, wie für deine Großmutter, immer ein Hobby ... Die Art, wie ich in der Pubertät

Klavier gespielt habe, war ziemlich wild und chaotisch. Ich habe manche Stücke eher frei nachempfunden als genau gespielt und meine Lehrer manchmal fast zur Verzweiflung getrieben. Immerhin habe ich ihre Ratschläge nicht vergessen und versuche jetzt, sie zu beherzigen. Aber so perfekt wie du werde ich wohl nie spielen.«

»Das macht auch nichts«, entgegnete Rebecca. »Ich beneide dich fast darum, dass du diesen unvorstellbaren Druck nicht erlebt hast. Ich bin mit dem aufgewachsen, was Pianisten die russische Schule nennen, die eben auch gnadenlosen Drill und eiserne Disziplin wie im Leistungssport bedeutet. Ich habe das Üben oft regelrecht gehasst und verflucht ... Es ist eine Seite der Musik, die viele nicht kennen. Erst jetzt, nachdem ich von zu Hause ausgezogen bin, spiele ich wirklich gerne Klavier, auch wenn der Leistungsdruck und die Anspannung noch immer sehr groß sind ... Nadjeschdas Jugend muss freilich noch wesentlich schwieriger gewesen sein, weil es für sie und ihre Familie letztlich um Leben und Tod ging.«

»Ja ...«, sagte Christian, und die beiden umarmten einander lange, bevor Christian sich auf den Nachhauseweg machte.

Am nächsten Tag trafen sie sich in dem Studentenwohnheim, in dem Christian lebte und das in den Räumen eines ehemaligen Klosters untergebracht war.

An diesem Abend kam Michael zu Besuch, ein ehemaliger Klassenkamerad, mit dem sich beide noch ab und zu trafen und der in Darmstadt Maschinenbau studierte. Er war etwas größer als Christian und hatte kurze blonde Haare und braune Augen. In der Schulzeit hatte er viel Sport getrieben und mehrere Segelwettbewerbe gewonnen. Daneben teilte er allerdings auch Christians Interesse an Geschichte und hatte seit jeher Rebeccas pianistische Fähigkeiten bewundert.

Nachdem sie sich eine Weile unterhalten hatten, sagte er zu Christian und Rebecca:

»Übrigens ... Ich hatte neulich eine leicht verrückte Idee, nämlich eine Reise mit einem Motorboot in Australien, zum Beispiel von Adelaide an der Südküste nach Perth an der Westküste. Im März, wenn in Australien der Sommer zu Ende geht, wäre das

Wetter dafür nicht schlecht, und wir hätten in dieser Zeit Semesterferien ... Wie gesagt, es ist eine etwas ausgefallene Idee, aber wenn ihr Lust hättet, könntet ihr euch das Ganze überlegen ...«

Christian und Rebecca sahen einander an, und schließlich fragte Christian:

»Wie hast du dir die Reise genau vorgestellt?«

»Ich hatte mir gedacht, dass wir nach Adelaide fliegen, dort eine Motoryacht mieten und dann damit nach Perth fahren. Eine solche Tour würde etwa zehn Tage dauern.«

Rebecca und Christian waren zunächst verblüfft, doch schließlich antwortete Rebecca:

»Das ist in der Tat kein alltäglicher Plan ... Aber wir können ja mal darüber nachdenken. Australien hat mich schon immer fasziniert.« Christian nickte und holte einen Atlas, mit dessen Hilfe die drei einen ersten Blick auf die vorgeschlagene Route warfen.

»Eine ziemlich lange Strecke«, sagte Rebecca.

»Ja, aber mit einem entsprechenden Boot ohne weiteres zu bewältigen«, entgegnete Michael.

»Wir kennen uns freilich mit Booten, Navigation und allem, was dazugehört, nicht aus und haben auch keinen Bootsführerschein«, wandte Christian ein.

»Das ist auch nicht nötig. Ich habe viel Erfahrung im Segeln und habe mit meinem Vater auch schon längere Hochseefahrten in Motorbooten gemacht. Seit etwa zwei Jahren habe ich auch den entsprechenden Führerschein.«

»Na gut, wir werden es uns überlegen«, erwiderte Rebecca, und Christian fügte hinzu: »Auf jeden Fall sagen wir nicht nein.«

Nachdem Michael gegangen war, fragte Rebecca:

»Was hältst du von der Idee?«

»Sie ist in der Tat etwas ausgefallen, aber ich wollte auch schon immer mal nach Australien ... Ich weiß nicht, warum Michael ausgerechnet uns gefragt hat, ob wir mitfahren wollen ... Es ist natürlich möglich, dass seinen anderen Freunden diese Tour zu teuer ist und dass er Leute sucht, die die Kosten mit ihm teilen.«

»Da hast du sicher recht. Der Gedanke ist mir auch schon gekommen«, antwortete Rebecca und fuhr nach einem Augenblick des Nachdenkens fort: »Aber nach all den Problemen zu Hause, nach dem täglichen achtstündigen Üben und den Konzerten während des Semesters würde mir eine solche Reise guttun ... Du weißt schon ... weit weg vom Alltag, ein wenig wie eine Reise in eine andere Welt.«

»Mir geht es genauso«, erwiderte Christian, und die beiden umarmten einander.

In den kommenden Wochen sprachen Christian und Rebecca immer wieder über Michaels Plan und entschieden sich schließlich, mit ihm die Reise nach Australien zu unternehmen.

Anfang Januar kamen die drei in Rebeccas Wohnung zusammen, um alles genau zu besprechen.

»Mein Vorschlag ist, dass wir am 5. März nach Adelaide fliegen, am Tag nach der Ankunft alles vorbereiten und dann am 8. März in See stechen, was bedeutet, dass wir am 17. März in Perth ankommen. Dort verbringen wir dann noch zwei Tage und fliegen am 20. März zurück«, sagte Michael.

»Ja, so ähnlich haben wir uns das auch gedacht«, antwortete Rebecca, und Christian stimmte ihr zu. Nachdem sie sich auf Karten die geplante Strecke angeschaut hatten, sagte Rebecca zu Michael: »Du hast ja schon einige Erfahrung mit längeren Fahrten auf hoher See und kennst dich mit Navigation aus ...«

»Ja, natürlich. Außerdem haben wir ein Navigationsgerät dabei, mit dessen Hilfe wir unseren Standort immer mit absoluter Genauigkeit ermitteln können. Wenn nötig, kann ich unsere Position aber auch auf traditionelle Weise mit einem Sextanten bestimmen.«

»Sehr gut«, erwiderte Christian. »Hoffen wir, dass es keine Pannen gibt!«

»Ich glaube nicht, dass wir uns irgendwelche Sorgen machen müssen. Die Boote sind sehr zuverlässig, und als angehender Maschinenbauer kann ich die Yacht notfalls auch selbst reparieren ... Die Satellitennavigation ist ohnehin sozusagen unfehlbar.«

»Unfehlbar ist leider gar nichts«, sagte Rebecca.

»Ich glaube, du bist zu skeptisch. Die heutige Wissenschaft und Technik kommen der Unfehlbarkeit ziemlich nahe. Wir wissen mittlerweile fast alles über die Welt um uns herum«, entgegnete Michael.

»Ich weiß nicht ... Vielleicht sind wir Menschen eher wie ein nächtlicher Wanderer mit einer Taschenlampe. Er kann das, was sich im Lichtkegel der Taschenlampe befindet, ziemlich zuverlässig erkennen. Aber die Welt jenseits davon liegt im Dunkeln.«

»Rebecca, die Philosophin ...«, antwortete Michael, und Rebecca lachte.

»Eigentlich hast du recht. Nichts und niemand ist unfehlbar«, sagte Christian.

»Wir werden schon irgendwie ankommen. Daran habe ich keine Zweifel«, fuhr Rebecca fort, bevor sie sich wieder den Karten zuwandten.

Die nächsten Wochen vergingen rasch für die drei, angefüllt mit Arbeit an der Universität und an der Musikhochschule. Mitte Februar gab Rebecca am Konservatorium ein erstes größeres, sehr erfolgreiches Konzert, das sie in ihrem Wunsch bestärkte, Pianistin zu werden.

Am Tag vor der geplanten Abreise am 5. März packten Rebecca und Christian ihre Koffer, und Rebecca verabschiedete sich von ihrem Vater. Nachdem ihre Reisevorbereitungen abgeschlossen waren, übte Rebecca ein letztes Mal zwei Stunden Klavier und spielte zum Abschluss das Scherzo in h-Moll von Frédéric Chopin.

»Es war das erste Mal, dass du dieses Stück gespielt hast ... Es klingt beinahe düster und bedrohlich«, sagte Christian.

»Das stimmt«, antwortete Rebecca. »H-Moll wurde von Komponisten nicht ohne Grund als schwarze Tonart bezeichnet ... Der Mittelteil mit seiner lyrischen Melodie wirkt wie das Auge eines Orkans, in dem ein unwirklicher Sonnenschein herrscht, bevor der Sturm wieder anfängt.«

»So könnte man es ausdrücken ... Du hast wirklich die Seele einer Poetin.«

»Danke«, sagte Rebecca und fuhr fort: »Irgendwie bringt das Stück das zum Ausdruck, was ich empfinde.«

»Ich verstehe, was du meinst«, erwiderte Christian und sah Rebecca an, in deren Augen sich ein Anflug von Melancholie widerspiegelte.

Am nächsten Tag trafen sie Michael am Flughafen und bestiegen bald darauf das Flugzeug nach Dubai. Es war ein wolkenloser

Frühlingsnachmittag, an dem sie nach dem Abheben noch längere Zeit die Hochhäuser der Frankfurter Innenstadt und die Berge des Taunus sahen, die sich zu ihrer Linken erstreckten. Nach sechsstündigem Flug über Osteuropa, das Schwarze Meer und die arabische Wüste erreichten sie schließlich tief in der Nacht Dubai. Während sie auf ihren Anschlussflug nach Adelaide warteten, sagte Michael:

»Jetzt beginnt unser Weg ins Abenteuer ... Ich kann es kaum erwarten.«

»Ich bin auch schon ganz aufgeregt und, ehrlich gesagt, habe ich letzte Nacht nur wenig geschlafen«, antwortete Rebecca.

»Ein bisschen Reisefieber muss natürlich sein, vor allem bei einer so sensiblen Natur wie dir ...«

»Ja, aber wirkliche Angst habe ich eigentlich nicht.«

»Das ist auch nicht nötig. Wir haben ja alles im Griff. Ich jedenfalls fürchte mich vor nichts. Man muss allem nur mit dem nötigen Selbstvertrauen begegnen.«

»Ein wenig Vorsicht kann aber auch nicht schaden«, erwiderte Rebecca.

»Richtig«, sagte Christian. »Auf diese Weise ergänzen wir uns ganz gut.«

Als Rebecca kurze Zeit später mit Christian allein war, sagte sie:

»Er ist ganz nett, aber meines Erachtens neigt er etwas zur Selbstüberschätzung.«

»Stimmt ... Aber ich habe auch den Eindruck, dass vieles nur Fassade ist«, antwortete Christian.

»Ja, dieses Gefühl habe ich auch. Er ist verwundbarer, als es den Anschein hat. Vielleicht hat er deshalb auch immer ein wenig meine Nähe gesucht.«

»Das ist gut möglich. Du hast eine verletzliche, aber auch eine starke Seite.«

»Du auch ... Das ist einer der Gründe, warum wir uns so gut verstehen«, entgegnete Rebecca und legte einen Arm um Christians Schulter.

Einige Minuten später kehrte Michael zurück, und kurz darauf verließen die drei Dubai.

Den zwölfstündigen Flug nach Australien verbrachten Rebecca, Christian und Michael überwiegend im Schlaf und erreichten in der Abenddämmerung des nächsten Tages Adelaide.

Am folgenden Morgen erkundeten sie die Stadt und machten anschließend einen Abstecher auf die umliegenden Hügel.

»Hier ist fast alles anders als zu Hause«, sagte Rebecca. »Die Vogelgeräusche, die Bäume, die Pflanzen, die Gerüche ...«

»Das stimmt. In dieser Hinsicht ist Australien einzigartig«, erwiderte Christian, während sie einen ersten Blick auf den Indischen Ozean warfen und das Spiel von Licht und Schatten auf seiner Oberfläche beobachteten.

Nachdem sie zu Mittag gegessen hatten, fuhren sie zum Hafen von Glenelg, einem Vorort von Adelaide, wo sie die Motoryacht in Empfang nahmen, auf der sie die nächsten eineinhalb Wochen verbringen würden. Sie beherbergte einen großen Aufenthaltsraum und eine Küche auf dem Oberdeck sowie zwei Schlafkabinen auf dem Unterdeck. Dort befanden sich auch der Maschinenraum und ein größerer Vorratsraum, wo die drei in den folgenden Stunden alles unterbrachten, was sie für die nächsten zehn Tage brauchten. Rebecca und Christian hatten darauf bestanden, mehr Trinkwasser mitzunehmen als ursprünglich geplant, so dass die Vorratskabine fast bis zum Bersten gefüllt war.

»Vielleicht bin ich übertrieben ängstlich, aber die Vorstellung, verdursten zu müssen, ist für mich ein Alptraum«, sagte Rebecca.

»Alpträume sind nichts anderes als bloße Phantasie«, erwiderte Michael.

»Es gibt freilich auch einen Grund, warum Menschen so etwas wie Phantasie haben«, sagte Christian halb im Scherz.

»Etwas, was sie verrückt macht«, antwortete Michael und fuhr fort: »Nichts für ungut ... Ich bin einfach ein betont nüchterner Mensch ... Aber natürlich habt ihr recht. Ein bisschen Vorsicht kann nie schaden.«

Nachdem sie die Yacht mit allem Nötigen beladen hatten, kehrten sie in die Innenstadt zurück und gingen nach einem kurzen Abendessen früh zu Bett.

Am nächsten Morgen fuhren die drei zu ihrem Motorboot und verließen schließlich gegen 8 Uhr den Hafen von Glenelg. Ihr erstes Ziel war Kangaroo Island, eine Insel vor der Küste Südaustraliens, wo sie eine kurze Rundreise in einem gemieteten Geländewagen unternahmen. Gegen Ende ihrer Tour betrachteten sie eine Gruppe von bizarr geformten Felsen, die sich vor der Kulisse des Indischen Ozeans erhoben, der an diesem Tag bei starkem Wind leicht aufgewühlt wirkte.

»Die Wellen sind ein kleiner Vorgeschmack auf das, was uns in den nächsten Tagen erwartet«, sagte Michael. »Wir befinden uns hier in der Nähe der `Roaring Forties´, einem Seegebiet zwischen dem vierzigsten und dem fünfzigsten südlichen Breitengrad, das für seinen heftigen Seegang berüchtigt ist. Aber um diese Jahreszeit, im Spätsommer, dürfte es nicht allzu schlimm werden, und auch die Vorhersage verspricht gutes Wetter.«

»Hoffentlich stimmt sie«, sagte Rebecca.

»Vorhersagen aller Art sind heute sehr genau. Dank perfektionierter Algorithmen und Analysemethoden lässt sich nahezu alles zuverlässig prognostizieren.«

»Wir vertrauen dir und deinen Fähigkeiten. Wie gesagt, wir werden schon irgendwie ankommen«, erwiderte Rebecca.

»Ich werde mein Bestes tun«, sagte Michael. »Wenn wir unser Ziel nicht erreichten, würde die Welt eine große zukünftige Pianistin vermissen.«

»Na, ich weiß nicht ... Auf jeden Fall würden wir die Welt vermissen«, antwortete Rebecca, und alle drei lachten.

Nachdem sie zum kleinen Hafen von Kangaroo Island zurückgekehrt waren, bestiegen sie wieder ihre Yacht, und bald darauf verloren sich die Umrisse der Insel in der endlosen Wasserfläche des Indischen Ozeans.

»Das war das letzte Mal, dass wir Land gesehen haben«, sagte Rebecca.

»Ja, das letzte Mal in zehn Tagen«, erwiderte Michael. »Aber die australische Küste ist nie allzu weit entfernt. Wir könnten sie jederzeit in ein paar Stunden erreichen.«

»Das ist immerhin beruhigend«, sagte Christian, während sie, einem südwestlichen Kurs folgend, immer weiter auf die hohe See hinaussteuerten.

Nachdem sie gemeinsam zu Abend gegessen und sich Bücher über Australien angesehen hatten, programmierte Michael den Autopiloten für die Nacht, und alle drei gingen zu Bett. Rebecca und Christian teilten sich eine Doppelkabine, während Michael die zweite Schlafkabine allein bewohnte.

Während sie sich umzogen, sagte Rebecca zu Christian:

»Bis jetzt spüre ich noch nicht die geringsten Anzeichen von Seekrankheit.«

»Ich auch nicht«, entgegnete Christian. »Zwar haben wir genügend Medikamente dabei, aber es wäre gut, wenn wir sie nicht bräuchten.«

»Oder wenn wir sie zumindest für den Fall aufsparen könnten, dass es wirklich schlimm wird.«

»Genau. Aber bis jetzt gefällt mir unsere Reise sehr gut.«

»Mir auch. Ziemlich genau so, wie ich sie mir vorgestellt habe«, erwiderte Rebecca.

Am nächsten Morgen stellte Michael fest, dass die Strecke, die sie über Nacht zurückgelegt hatten, fast genau seinen Erwartungen entsprach.

»Es läuft alles bestens, und auch das Wetter ist perfekt«, sagte er, während sie auf die leicht bewegte See hinausblickten, deren Wellen im Sonnenlicht glänzten.

Die nächsten Tage verbrachten die drei teils gemeinsam im großen Aufenthaltsraum und teils in ihren Schlafkabinen, wo Rebecca und Christian einige ihrer Bücher lasen, während Michael sich Filme ansah.

Am Abend des dritten Tages war es fast windstill, so dass das Boot sanft auf der Oberfläche des Ozeans dahinglitt.

»Lasst uns draußen einen Blick auf die Sterne werfen«, schlug Rebecca vor.

»Das ist eine gute Idee«, antwortete Christian.

Als die drei auf das kleine Deck vor dem Aufenthaltsraum hinaustraten, erkannte Rebecca auf den ersten Blick die markantesten Sterne.

»Der südliche Sternenhimmel sieht völlig anders aus als der nördliche«, sagte sie. »Ich habe mir heute noch einmal Sternkarten und Aufnahmen angeschaut ... Es ist ein faszinierender Anblick ... Alpha Centauri ist unübersehbar«, fuhr sie fort, während sie auf einen hellen Stern zeigte. »Es ist der Stern, der uns am nächsten ist.«

In den folgenden Minuten bemerkte Rebecca immer mehr Sternbilder, die sie von Karten und Fotos kannte, und schließlich fanden die drei in der Nähe des Horizonts auch das Kreuz des Südens, das gerade aufgegangen war.

»Es gibt hier Sternbilder, die zu Hause niemand kennt, wie etwa Fornax oder Reticulum ... Wenn ich den Sternenhimmel betrachte, frage ich mich immer wieder, welche Geheimnisse sich dort verbergen«, sagte Rebecca.

»In den nächsten Jahren und Jahrzehnten werden wir immer mehr über den Weltraum herausfinden, auch wenn wir wohl nie allen Geheimnissen auf die Spur kommen werden«, entgegnete Christian.

»Glaubst du, dass es Leben auf den Planeten anderer Sterne gibt?«, fragte Michael.

»Mit Sicherheit«, erwiderte Rebecca. »Nur sind die Entfernungen so groß, dass sie uns vielleicht für immer von solchen Lebewesen trennen ... jedenfalls nach dem, was wir heute wissen. Freilich ist es durchaus denkbar, dass es möglich ist, die Grenzen zu umgehen, die wir für unüberwindlich halten, wie es die Menschen in der Vergangenheit auch immer wieder geschafft haben.«

»Nichts ist ausgeschlossen«, sagte Christian. »Das zeigt die Geschichte immer wieder.«

»Freilich ist das alles reine Spekulation ... Ich halte mich da lieber an die Tatsachen«, sagte Michael.

»Aber manchmal schadet es nichts, wenn man seine Phantasie ein wenig spielen lässt ... Wie gesagt, es gibt einen Grund dafür, dass Menschen sie besitzen«, entgegnete Christian.

»Das stimmt«, sagte Rebecca. »Sie ist manchmal die Quelle für die besten Ideen, aber leider auch für die schlimmsten Alpträume.«

»Nur wird das meiste nie Wirklichkeit«, antwortete Michael.

»Aber einiges schon, und manchmal übertrifft die Wirklichkeit am Ende sogar alles, was wir uns in der Phantasie ausgemalt haben«, sagte Rebecca, bevor sie in den Aufenthaltsraum zurückkehrten, weil sie in der Kühle der herbstlichen Luft zu frösteln begannen.

Am Morgen des nächsten Tages war der Himmel zunächst noch wolkenlos und die See ruhig, doch dann breiteten sich, zunächst unmerklich, dann immer rascher Schleierwolken aus, die ein herannahendes Tiefdruckgebiet ankündigten.

Nachdem Michael sich am Nachmittag ausgiebig mit Wetterkarten und Vorhersagen beschäftigt hatte, sagte er zu Rebecca und Christian:

»Von Südosten nähert sich rasch ein großer Sturmwirbel ... Bisher war von einem Sturm in den Vorhersagen nicht die Rede gewesen. Erst in den letzten Stunden hat sich die Prognose geändert.«

»Was bedeutet das für uns?«, fragte Rebecca.

»Möglicherweise müssen wir uns auf einen Sturm vorbereiten«, antwortete Michael.

»Das ist zwar keine gute Nachricht, aber sie überrascht mich auch nicht allzu sehr, denn Vorhersagen erweisen sich leider oft als falsch«, sagte Christian.

»Normalerweise sind sie sehr zuverlässig, aber manchmal gibt es eben auch ein paar Ausreißer«, entgegnete Michael.

»Was ist bei einem bevorstehenden Sturm zu tun?«, fragte Rebecca.

»Wenn er näher kommt, müssen wir alles, was nicht niet- und nagelfest ist, sicher verstauen. Das ist eigentlich alles, was wir unternehmen können«, erwiderte Michael.

»Gut, dass wir einen ziemlich großen Vorrat an Medikamenten gegen Seekrankheit haben«, sagte Rebecca.

»Vielleicht werden wir sie jetzt brauchen«, antwortete Christian.

»Gut möglich«, sagte Michael, während er einen sorgenvollen Blick zum Himmel warf, an dem rasch mehr und mehr Wolken aufzogen.

In den nächsten Stunden verfolgten Michael, Rebecca und Christian aufmerksam die Entwicklung der Wetterlage und die Vorhersagen, während der Wind immer mehr auffrischte und der Wellengang stärker wurde. Am Abend schließlich brachten die drei alle Dinge, die während eines Sturms zur Gefahr werden konnten, in Schränken unter und besprachen schließlich am späteren Abend nochmals die Lage.

»Leider ist der Sturmwirbel ziemlich ausgedehnt, und die Windgeschwindigkeit nimmt immer weiter zu«, sagte Michael.

»Können wir von hier aus die australische Küste erreichen?«, fragte Rebecca.

»Ja, aber der nächste Hafen ist weit entfernt. Wenn wir jetzt direkt die Küste ansteuern, landen wir in der Nullarbor-Ebene, einer unbesiedelten, wasserlosen Wüste. Wenn unser Boot dort liegenbliebe, hätten wir größere Probleme, als wenn wir den Sturm auf See durchstehen.«

Rebecca nickte, während Michael fortfuhr:

»Unsere Yacht ist für solche Fälle glücklicherweise gut ausgerüstet,«

»Wenigstens etwas«, erwiderte Christian und sah Rebecca an, in deren Blick sich zunehmende Besorgnis zeigte.

Als Michael einige Minuten später auf seinen Computer und sein Navigationsgerät blickte, sagte er mit einem Ausdruck von Erstaunen und Erschrecken:

»Wir haben die Internet- und Satellitenverbindung verloren.«

»Wir können nur hoffen, dass wir die Verbindung später wiederherstellen können«, antwortete Christian.

»Ja. Ansonsten könnten wir unsere Position bei dem stark bewölkten Himmel nicht mehr bestimmen, und auch Koppelnavigation ist bei starker Verschiebung durch Stürme nicht gerade zuverlässig.«

»Das heißt, dass der Sturm uns weit abtreiben könnte, ohne dass wir wüssten, wo wir sind«, sagte Rebecca, und Michael nickte.

»Für den Augenblick können wir nichts weiter tun, als noch ein wenig zu schlafen, soweit es möglich ist ... zumindest für ein paar Stunden«, sagte Michael, bevor Rebecca und Christian sich in ihre Kabinen zurückzogen und versuchten, inmitten des aufziehenden Sturms Schlaf zu finden, während Michael im Cockpit zurückblieb. Rebecca und Christian nahmen je eine Tablette gegen Seekrankheit ein und verbrachten danach eine zwar kurze und unruhige, aber trotz allem halbwegs erholsame Nacht.

Am nächsten Vormittag gewann der Sturm weiter an Stärke, und auch die tiefgrauen Wolken wurden immer dichter und dunkler, so dass die drei auch am Tag das Licht einschalten mussten, um sich an Bord der Yacht orientieren zu können.

»Der Sturm entwickelt sich zunehmend zu einem Orkan«, sagte Michael. »Die Wellen sind schon jetzt fast vier Meter hoch ... Ich hoffe, dass es nicht noch schlimmer wird.«

»Können wir unter diesen Umständen noch halbwegs den Kurs halten?«, fragte Rebecca.

»Das dürfte sehr schwierig werden«, entgegnete Michael. »Ich kann den Autopiloten so programmieren, dass er den vorgesehenen Kurs beizubehalten versucht, aber gegen die Gewalt eines Orkans sind die Steuerung und der Motor des Bootes fast machtlos. Es ist möglich, dass der Orkan mit uns macht, was er will.«

»Wie lange wird es dauern, bis der Sturm aufhört?«, fragte Christian.

»Schwer zu sagen«, entgegnete Michael. »Die Internet- und Satellitenverbindung ist noch immer unterbrochen, so dass wir weder unsere Position bestimmen können noch Zugang zu Wetterdaten haben. Freilich können solche Sturmwirbel sehr ausgedehnt sein. Das könnte bedeuten, dass wir viele Stunden in diesem Orkan gefangen sein werden.«

»Das sind keine guten Aussichten«, sagte Christian.

»Nein«, erwiderte Michael. »Es tut mir leid ... Noch vorgestern sah die Wettervorhersage gut aus, und es gab eigentlich nichts, was auf einen derartigen Sturm hingedeutet hätte.«

Rebecca nickte und fragte: »Gibt es irgendetwas, was wir tun können?«

»Nein, eigentlich nicht ... Wir können nur darauf warten, dass der Sturm irgendwann nachlässt ... Glücklicherweise werde ich nicht seekrank. Ich hoffe nur, dass es für euch nicht allzu schlimm wird.«

»Bis jetzt hält es sich erstaunlicherweise in Grenzen«, erwiderte Rebecca und sah Christian an, der mit einem Nicken antwortete.

»Ich spüre ein gewisses Unwohlsein, aber es ist nicht allzu stark«, sagte Christian nach einem Augenblick.

»Wenigstens etwas«, entgegnete Michael und fuhr nach einigen Augenblicken fort: »Der Autopilot wird, wie gesagt, versuchen, den vorgegebenen Kurs zu halten ... Eigentlich kann niemand von uns viel tun. Wenn ihr wollt, könnt ihr versuchen, in eurer Kabine noch etwas zu schlafen. Ich werde hier Wache halten und eingreifen, wenn es nötig ist.«

»Wir wollen dich nicht allein lassen«, sagte Rebecca.

»Danke«, erwiderte Michael. »Aber es gibt nichts, was ihr hier tun könntet. Ich werde euch aufwecken, wenn ich Hilfe brauche. Ich glaube, es ist wirklich besser, wenn ihr euch ausruht und versucht, nicht seekrank zu werden.«

»Na gut ...«, sagte Christian und fuhr fort: »Wir sind jederzeit da, wenn du unsere Unterstützung brauchst.«

»Ich denke, ich komme schon zurecht«, erwiderte Michael und ermunterte die beiden nochmals, in ihrer Kabine ein wenig Ruhe zu finden.

Daraufhin zogen sich Rebecca und Michael in ihre Schlafkabine zurück und setzten sich zunächst auf ihre Betten. Der Seegang war mittlerweile noch stärker geworden, so dass Gehen und selbst Sitzen immer schwieriger wurden.

»Zum Glück können wir uns auf den Betten anschnallen, so dass wir nicht herausfallen«, sagte Rebecca.

»Ja, wenigstens ist an alles gedacht worden«, entgegnete Christian.

»Ich glaube, ich werde vorsichtshalber noch eine Pille gegen Seekrankheit und zwei der Beruhigungstabletten nehmen, die ich für alle Fälle eingepackt hatte.«

»Ich auch ... Michael hat recht. Das einzige, was wir tun können, ist so viel wie möglich zu schlafen. Es ist ohnehin so dunkel, dass sich die Nacht nicht mehr vom Tag unterscheidet«, erwiderte Christian, während beide aus ihrem Bullauge auf die tiefhängenden schwarzen Wolken und die Wellen blickten, die das Boot unablässig in die Höhe hoben und in den Abgrund zogen.

»Dieser Sturm erinnert mich an unser Erlebnis während des Fluges im Herbst«, sagte Christian.

»Mir geht es genauso ... Aber ich glaube, dass auch dieses Mal alles gutgehen wird«, erwiderte Rebecca.

»Ganz bestimmt«, sagte Christian und umarmte Rebecca lange. Anschließend nahmen beide je eine Tablette gegen Seekrankheit und zwei Beruhigungstabletten ein, bevor sie sich auf ihren Liegen anschnallten.

Wenige Minuten später standen Rebecca und Christian auf dem Deck eines Bootes, das sich in der Dunkelheit einer mondlosen Nacht seinen Weg durch die Wellen bahnte, und blickten beide auf den fernen Horizont, wo sich die Umrisse einer Insel abzeichneten, auf die sie sich langsam zubewegten, während der anfangs noch eher starke Wind immer schwächer wurde. Nach einiger Zeit erkannte Rebecca zunehmend deutlicher die Silhouetten ausgedehnter Wälder und eines breiten Stromes, der in die nächtliche See mündete. Als sie die Mündung erreichten und flussaufwärts fuhren, blickten Rebecca und Christian mit einer Mischung aus Angst und Faszination auf die undurchdringlichen Wälder am Ufer, die wirkten, als seien sie von unsichtbaren Wesen beseelt. Schließlich erschien ein kleiner Hafen vor ihren Augen, in dem sie bald darauf an Land gingen und, von einer geheimnisvollen Macht getrieben, tiefer und tiefer in den angrenzenden Wald hineinliefen, bis sie endlich eine von hohen Bäumen umgebene Lichtung erreichten, auf der sie die dunklen Schatten von Menschen erkannten. Nach einigen Augenblicken löste sich ein Schatten von einer größeren Gruppe und trat auf Christian und Rebecca zu, die sofort bemerkte, dass die kleine, grauhaarige Frau, die sich ihnen näherte, ihrer Mutter ähnlich sah. Noch bevor Rebecca ihr eine Frage stellen konnte, sagte sie:

»Rebecca, erschrick nicht! Du ahnst, wer ich bin ... Sarah, die Großmutter deiner Mutter ... Du bist nur ein Gast in unserer Welt, die die Lebenden Scheol, das Jenseits, nennen. Doch obwohl wir nicht mehr von eurer Welt sind, bleiben wir doch immer gegenwärtig. Unsere Geschichte ist nie völlig vergangen, sondern sie lebt in euch und euren Nachkommen weiter bis ans Ende aller Zeiten, so wie auch eure Geschichte weiterleben wird. Ich weiß, wie viel es dir bedeutet, mehr von meinem Leben zu erfahren, und so will ich dich an dem teilhaben lassen, was auch ein Teil von dir ist ...

Wie du schon weißt, sind meine Eltern vor meiner Geburt von Kiew nach Bukarest ausgewandert, wo bereits ein Bruder und ein Vetter meines Vaters lebten. Es war die Zeit unmittelbar nach dem Ersten Weltkrieg, und meine Eltern hofften, in Rumänien den Wirren des Bürgerkriegs und weiterer Pogromen in Russland entgehen zu können. So hat sich mein Vater im Jahr 1919 als Augenarzt in Bukarest niedergelassen und war dort bald in seinem Beruf sehr erfolgreich, so dass meine Eltern es sich leisten konnten, in einer großen, repräsentativen Wohnung im Zentrum Bukarests zu leben. Wenige Jahre später, 1924, wurde dann ich geboren und blieb das einzige Kind. Ich besuchte eine jüdische Schule in Bukarest, und es war für mich und meine Eltern immer klar, dass ich als hervorragende Schülerin später eine Universität besuchen und wahrscheinlich Medizin studieren würde. In den dreißiger Jahren erlebten wir den Aufstieg der Eisernen Garde mit, doch spürten wir in unserem persönlichen Leben wenig von der sich langsam verschärfenden antisemitischen Atmosphäre. Ein wichtiger Grund dafür war, dass mein Vater als bekannter Augenarzt in der Bukarester Gesellschaft sehr angesehen war und natürlich auch gut verdient hat, was unser Leben immer deutlich erleichtert hat. Ab 1941 hat sich die Lage dann leider rasch verschlimmert. Wir hörten in der jüdischen Gemeinde und von Patienten meines Vaters ständig vom schrecklichen Schicksal der Juden in Bessarabien und im Osten Rumäniens, von wo die Juden in Todesmärschen nach Transnistrien in Konzentrationslager gebracht wurden. Danach wurden viele von ihnen in die Ukraine abgeschoben und dort von deutschen Einsatzkommandos erschossen. Um diese Zeit ahnten wir, dass wir auf Dauer nicht in Rumänien würden bleiben können, obwohl wir zu den wenigen Privilegierten gehörten und noch nicht um unser Leben fürchten mussten. Da mein Vater aus einer religiösen Familie stammte, hatte er immer davon geträumt, nach Palästina zu gehen, was freilich mit großen Schwierigkeiten verbunden war und außerdem bedeutet hätte, dass wir uns dort mehr oder weniger aus dem Nichts ein neues Leben hätten aufbauen müssen. Angesichts der immer schlimmeren Lage und der wachsenden Gefahr haben sich meine Eltern schließlich aber doch immer mehr mit dem Gedanken an eine Auswanderung nach Palästina beschäftigt. Wir hatten gehört, dass jüdische Organisationen Schiffe mieteten, die Auswanderer nach Palästina brachten, doch wussten wir auch, dass die Briten sich in aller Regel weigerten, Visa für Palästina auszustellen, weil sie die Feindschaft der Araber fürchteten, die für sie angesichts der Kriegslage hätte bedrohlich werden können.

Trotzdem haben meine Eltern ernsthaft darüber nachgedacht, für uns Plätze auf dem Dampfer »Struma« zu reservieren, der Ende 1941 nach Palästina aufbrechen sollte. Freilich hat mein Onkel uns immer wieder nachdrücklich davor gewarnt, weil er aus Berichten wusste, dass es sich bei diesen Motorseglern oft um völlig marode, seeuntaugliche Schiffe handelte und dass das Schicksal der Flüchtlinge in Palästina äußerst ungewiss war, weil die Briten versuchten, die Landung der Boote zu verhindern, oder die Auswanderer internierten, falls sie es trotzdem schafften, an Land zu gehen. Wir haben schließlich schweren Herzens auf seine Warnungen gehört und sind nicht mitgefahren, was uns das Leben gerettet hat. Im März 1942 haben wir dann erfahren, was aus der »Struma« geworden war. Das Schiff hatte sich von Konstanza aus auf seinen Weg nach Palästina gemacht. Es war offenbar, wie mein Onkel vermutet hatte, verrostet und völlig seeuntauglich. Mehrmals fiel der Motor aus, der sich trotz verzweifelter Bemühungen der Mannschaft schließlich nicht mehr reparieren ließ. Das Schiff wurde am Ende nach Istanbul geschleppt, wo die Passagiere freilich nicht an Land gehen durften, weil sie keine Visa für Palästina oder die Türkei besaßen. Da die Fahrt nach Istanbul eigentlich nur kurze Zeit hätte dauern sollen, waren keine Lebensmittelvorräte mitgenommen worden, so dass die Menschen an Bord schnell zu hungern begannen. Auch waren die sanitären Verhältnisse katastrophal, weil es nur eine Toilette gab, die bald nicht mehr zu gebrauchen war. Die Ruhr breitete sich aus, und nach wenigen Tagen gab es die ersten Toten, während gleichzeitig versucht wurde, die Briten davon zu überzeugen, doch noch Visa zumindest für die Kinder unter den Flüchtlingen zu erteilen. Freilich führten diese Verhandlungen zu keinem Erfolg, und schließlich ließen die türkischen Behörden das Schiff auf die offene See hinausschleppen, wo sie es seinem Schicksal überließen, obwohl es manövrierunfähig war. Kurze Zeit später wurde die »Struma« dann von einem Torpedo getroffen, der, wie sich später herausstellte, von einem sowjetischen U-Boot abgefeuert worden war, dessen Kommandant das Schiff anscheinend für einen Truppen- oder Materialtransporter gehalten hatte. Nahezu alle der mehr als 700 Passagiere kamen um. Diese Geschichte hat uns davon überzeugt, dass wir trotz allem keine andere Wahl hatten, als zunächst in Rumänien zu bleiben.

Während der Zeit, in der die Passagiere der »Struma« dieses fürchterliche Schicksal erlitten, verschlimmerte sich die Lage der Juden in Rumänien weiter. Juden wurde nicht nur der Besitz von Boden und Immobilien verboten, sondern sie mussten auch Zwangsarbeit leisten, sofern sie nicht genug Geld hatten, um sich freizukaufen. Da mein Vater zu den Glücklichen gehörte, die wohlhabend genug waren, und außerdem als Augenarzt unentbehrlich war, konnte er sich nicht nur vom Arbeitsdienst befreien lassen, den die Juden oft unterernährt, unzureichend bekleidet und unter grausamen Bedingungen leisten mussten, sondern wir konnten auch unsere Wohnung behalten. Trotzdem ahnten wir, wie bedrohlich auch unsere Lage war. Jahre später, nach dem Ende des Krieges, haben wir dann erfahren, dass der Abtransport der rumänischen Juden in deutsche Vernichtungslager bereits beschlossene Sache war und dass sogar die Fahrpläne schon festgelegt waren. Erst in letzter Minute hat die rumänische Regierung dann entschieden, diese Pläne nicht zu verwirklichen. Angeblich fühlte sich ein hoher rumänischer Beamter bei einer Besprechung in Berlin schlecht behandelt, aber vielleicht lag der tiefere Grund für diesen Beschluss unter anderem darin, dass die rumänische Regierung fürchtete, Deutschland könne den Krieg verlieren. Auf jeden Fall wussten wir, dass wir angesichts all dessen, was wir in Rumänien gesehen, gehört und erlebt hatten, nicht auf Dauer in diesem Land bleiben konnten und wollten. Als 1944 die Rote Armee an der rumänischen Grenze stand, fürchteten wir, dass die Deutschen bei ihrem Rückzug die Juden umbringen könnten oder dass wir mitten in Bukarest Opfer des Krieges werden würden. Deshalb haben wir nach Möglichkeiten gesucht, doch noch nach Palästina zu gelangen, und haben uns trotz der Versenkung der »Struma« schließlich entschlossen, mit einem anderen Schiff, der »Mefkure«, Rumänien zu verlassen. Da die Briten mittlerweile bei der Vergabe von Visa für Palästina etwas großzügiger geworden waren, wurde uns zugesagt, dass wir die nötige Erlaubnis bekommen würden, und wir packten danach innerhalb weniger Tage alles ein, was wir in drei Koffern mitnehmen konnten. Den größten Teil unserer Ersparnisse, unsere Möbel und nicht zuletzt die meisten unserer Bücher mussten wir zurücklassen, auch wenn viele Erinnerungen mit ihnen verbunden waren und es für uns nicht leicht war, alle diese Dinge ihrem Schicksal zu überlassen. Nicht zuletzt war der Abschied von unseren Freunden für uns ungeheuer schwer. Vor allem ich habe bitter geweint, als ich meiner besten Freundin Lebewohl sagen musste, auch wenn ich sie dann Jahre später in Israel wiedergesehen habe. Kurz vor der geplanten Abfahrt gab es noch eine Verzögerung, weil die Türkei die diplomatischen Beziehungen zu Deutschland abgebrochen hatte und der Kapitän und das rumänische Rote Kreuz, unter dessen Flagge die »Mefkure« fahren sollte, nicht wussten, wie die Deutschen sich gegenüber dem Flüchtlingsschiff verhalten würden, auch wenn klar war, dass die Rumänen nichts mehr tun würden, um die Fahrt der »Mefkure« nach Palästina zu verhindern. Viele Passagiere haben unter diesen Umständen erklärt, nicht mitfahren zu wollen, und es sah während mehrerer Tage sogar so aus, als ob die Überfahrt nicht stattfinden würde. Unser Entschluss stand jedoch trotz allem fest, weil wir wussten, dass wir in Rumänien keine Zukunft hatten und deshalb ein Risiko eingehen mussten. Als sich die Nachricht, dass es wieder freie Plätze auf der »Mefkure« gab, herumgesprochen hatte, meldeten sich viele Leute, die sich trotz allem mit diesem Schiff auf die Reise machen wollten und von denen manche in letzter Minute all ihr Erspartes aufwendeten, um in Palästina ein neues Leben anzufangen. Schließlich erfuhren wir am 1. August, dass die »Mefkure« am Abend des 3. August Konstanza verlassen würde. Wir packten unsere Habseligkeiten in unser Auto, das mein Vater als Arzt glücklicherweise hatte behalten können, und brachen am Morgen des 3. August nach Konstanza auf, wo das Schiff bereits wartete, als wir gegen fünf Uhr nachmittags ankamen.

Die »Mefkure« war ein kleiner, nur etwa 30 Meter langer Motorsegler mit drei Masten, der nicht wirkte, als ob er für Fahrten auf hoher See gebaut worden wäre. Ich hatte ein ungutes Gefühl, als wir das Schiff betraten und unsere Koffer in der großen Kabine verstauten, in der die etwa 300 Passagiere in dreistöckigen Betten untergebracht waren. Ich spürte, dass meine Eltern meine unterschwellige Angst teilten, doch wir hatten keine andere

Wahl mehr, als uns der »Mefkure« anzuvertrauen. Während wir auf unseren Betten sitzend warteten, betrat eine dreiköpfige Familie die Kabine und verteilte ihr Gepäck auf und unter den Betten neben uns. Es stellte sich heraus, dass der Vater ebenfalls Augenarzt war und aus einer Provinzstadt im Westen Rumäniens stammte. Er und seine Familie gehörten zu denen, die im letzten Augenblick die Überfahrt auf der »Mefkure« gebucht hatten, weil sie hofften, dadurch mit ihrer 16-jährigen Tochter der drohenden Gefahr entgehen zu können. Nachdem wir unsere Bettnachbarn ein wenig kennengelernt hatten, war es etwa Viertel nach acht, und es begann langsam zu dämmern. Wir entschieden uns, nach oben zu gehen, zumal wir bemerkt hatten, dass die Abfahrt offenbar kurz bevorstand. Als wir das Deck betraten, waren die Vorbereitungen für das Ablegen in vollem Gang. Vor der Hafeneinfahrt warteten zwei rumänische Kriegsschiffe, von denen es hieß, dass sie uns bis zur bulgarischen Grenze begleiten würden. Nachdem der Anker und die letzten Leinen eingeholt worden waren, verließen wir schließlich um halb neun den Hafen von Konstanza. Vor uns und kurz nach uns machten sich zwei weitere Flüchtlingsschiffe, die »Morina« und die »Bulbul«, auf den Weg nach Istanbul und Palästina. Am Anfang war die »Morina«, die vorausgefahren war, von unserem Schiff aus noch deutlich zu sehen, doch verschwand sie bald hinter dem Horizont. Der Grund dafür war nicht zuletzt, dass wir sehr langsam fuhren, weil offenkundig mit dem Motor etwas nicht stimmte. Er machte immer wieder laute Geräusche und setzte schließlich aus. Es gelang dem Kapitän zwar, die Maschine wieder anzulassen, doch blieb sie kurz darauf endgültig stehen. Während die Mannschaft das Problem zu beheben versuchte, machte eines der beiden rumänischen Kriegsschiffe kehrt und nahm uns ins Schlepptau, bis der Motor schließlich wieder ansprang und wir unsere Fahrt aus eigener Kraft fortsetzen konnten. Es war mittlerweile Nacht geworden, und nur der Mond warf sein kaltes Licht auf die stille See um uns herum, doch wagten wir nicht uns vorzustellen, was sich unter der schwarzen Wasserfläche verbarg. Nach einiger Zeit gingen wir wieder nach unten, aßen ein wenig von den Vorräten, die wir für die Reise mitgenommen hatten, legten uns auf unsere Betten und versuchten, wie die Familie neben uns, ein wenig zu ruhen, obwohl in der engen, völlig überfüllten Kabine an Schlaf nicht zu denken war. Außerdem waren die beiden Toiletten schon nach einigen Stunden verstopft, so dass ein beißender Geruch zusammen mit den Ausdünstungen der auf engstem Raum zusammengepferchten Menschen den Raum erfüllte. Nachdem wir so einige Stunden auf unseren Betten verbracht hatten, hielten wir es nicht mehr aus und gingen in der anbrechenden Morgendämmerung nach oben, um etwas frische Luft zu schöpfen. Während das rötliche Licht der aufgehenden Sonne die einsame See um uns herum erleuchtete, sahen wir, wie die beiden rumänischen Kriegsschiffe abdrehten und sich auf den Rückweg machten. Wir wussten alle, dass jetzt der gefährlichste Teil unserer Reise bevorstand und dass wir von nun an einem möglichen Angriff schutzlos ausgeliefert waren.

Freilich verlief der Tag ohne besondere Vorkommnisse, und wir verbrachten die Stunden entweder im Schlafraum, wo wir ein wenig zu ruhen oder zu lesen versuchten, oder an Deck, von wo aus wir im Licht des warmen, sonnigen Hochsommertages auf das ruhige Meer blickten. Wäre die »Mefkure« nicht hoffnungslos überfüllt gewesen und hätten viele Menschen um uns herum nicht übernächtigt, hungrig und erschöpft gewirkt, hätte man beinahe an eine bukolische Idylle glauben können. Glücklicherweise hatten wir und unsere Bettnachbarn genügend Vorräte mitgenommen, so dass wir nicht auf das wenige angewiesen waren, das zwei Angehörige einer zionistischen Organisation unter den Passagieren verteilten. Wir wussten, dass wir am nächsten Vormittag Istanbul erreichen sollten, und so wuchs unsere Zuversicht mit jedem Kilometer, den wir unserem ersten Ziel näherkamen.

Als die Nacht anbrach, wurde uns freilich wieder zunehmend die Gefahr bewusst, in der wir schwebten, zumal wir das einzige Schiff weit und breit waren und weder die »Morina« noch die »Bulbul« von Bord der »Mefkure« aus sehen konnten. Einige Zeit nach Mitternacht, etwa um ein Uhr, gingen wir noch einmal nach oben, weil der stechende Gestank in der Kabine unerträglich wurde. Es war eine klare, für die Jahreszeit eher kühle Nacht. Die »Mefkure« war völlig unbeleuchtet und bewegte sich langsam und mit laut dröhnendem Motor durch das dunkle Wasser, auf dem sich noch immer fast keine Wellen zeigten. Während ich wie benommen durch Müdigkeit und Schlaflosigkeit auf die einsame Wasserfläche hinausblickte, hörten wir plötzlich ein zischendes Geräusch und bemerkten einen hellen Lichtschein über unseren Köpfen. Als wir nach oben sahen, erkannten wir den weißen Feuerball einer Leuchtrakete, der langsam hinter dem Heck der »Mefkure« nach unten sank, während gleichzeitig der Kapitän und die Mannschaft wild durcheinander schrien. Kurz darauf erlosch der Motorenlärm, und das Schiff wurde immer langsamer, bis es schließlich ruhig im Wasser lag, während kaum wahrnehmbare kleine Wellen gegen die Bordwand plätscherten. Nachdem die »Mefkure« zum Stillstand gekommen war, sah ich, wie der Kapitän auf das einzige Rettungsboot zeigte und die Mannschaft sich offenkundig darauf vorbereitete, sich in Sicherheit zu bringen. Nachdem in den ersten Augenblicken nach der Explosion der Rakete und dem Anhalten der Maschine aus der Kabine kein Lärm zu hören war, drängten jetzt mehr und mehr Menschen nach oben, die von den Besatzungsmitgliedern aufgefordert wurden, die Rettungswesten anzulegen, die zwei Matrosen an die Passagiere verteilten. Nachdem auch wir Westen angelegt hatten, sahen wir, wie der Kapitän, der nicht weit von uns entfernt stand, auf irgendetwas deutete, was sich offenbar hinter unserem Schiff befand, was wir aber in der Menschenmenge noch nicht erkennen konnten. Erst nach einigen Augenblicken bemerkten wir, dass sich ein bedrohlicher schwarzer Schatten, einem Seeungeheuer gleich, aus dem Meer erhob. Kurz danach hörten wir einen lauten Knall und sahen, wie ein Geschoss hinter der »Mefkure« detonierte, bald gefolgt von einem zweiten, das nur wenige Meter entfernt explodierte. Wir wussten, was geschehen würde, und versuchten, uns am vorderen Rand des Schiffes so weit wie möglich in Sicherheit zu bringen, während immer mehr Passagiere in Panik aus der Kabine an Deck flohen. Für einen Augenblick glaubte ich die Familie zu erkennen, die sich im Schlafraum die Betten neben uns geteilt hatte, aber ich verlor sie sofort wieder aus den Augen, denn nach wenigen Sekunden wurde das Schiff von einem schweren Granattreffer erschüttert. Sofort begannen sich Flammen auszubreiten, die die Matrosen mit den einzigen beiden Feuerlöschern bekämpften, während die ersten Menschen über Bord sprangen. Augenblicke später wurde die »Mefkure« von einem weiteren Artilleriegeschoss getroffen, und sofort schlugen neue Flammen aus dem zerrissenen Inneren des Schiffs. Gleichzeitig bemerkten wir, dass die verzweifelten Passagiere offenbar von einem Maschinengewehr beschossen wurden, und sahen, wie einige leblos zu Boden sanken. Meine Eltern und ich blickten uns an, und wir wussten, dass wir keine andere Wahl hatten, als ins Wasser zu springen. Wir kletterten über die Reling, hielten uns gegenseitig an den Händen und ließen uns fallen, während die Maschinengewehrsalven und die Schreie der hilflosen Menschen die Nacht über der tiefschwarzen See erfüllten. Es war, als ob alle Höllenvisionen und Alpträume von grausamen, allmächtigen Ungeheuern plötzlich Wirklichkeit geworden wären. Wir versuchten, so gut es uns möglich war, von der brennenden »Mefkure« wegzuschwimmen und unsere Augen vom Todeskampf des Schiffes abzuwenden. Während wir durch das kalte Wasser trieben, wusste ich manchmal nicht mehr, ob ich wach war oder träumte, bis wir vor uns ein Boot sahen, in dem einige Menschen saßen, und bemerkten, dass es sich um das Rettungsboot handelte, das sich langsam auf uns zubewegte. Als das Boot uns erreichte, wurden wir von mehreren kräftigen Männern an Bord gezogen. Dort erkannten wir den Kapitän, vier Matrosen und fünf Passagiere. Gleichzeitig hörten wir noch immer Schüsse aus einem Maschinengewehr und legten uns flach auf den Boden des Bootes. Wir hatten den Eindruck, dass mehrere Salven auch auf uns abgefeuert wurden, doch wir waren zu weit entfernt, als dass sie uns hätten treffen können. Nachdem die Schüsse aufgehört hatten, richteten wir uns auf und sahen, wie das brennende Heck der »Mefkure« in der Finsternis versank. Alle Schreie waren verstummt, und in der kühlen Mondnacht herrschte die Stille eines Totenhauses. Niemand sagte ein Wort, niemand rührte sich, und ich wünschte im tiefsten Inneren, dass auch ich mit dem Schiff untergegangen wäre.

Nach unendlich langer Zeit hörten wir schließlich ein Geräusch und sahen, dass sich vom Horizont her ein Schiff näherte. Wie sich herausstellte, war es die »Bulbul«, die uns Stunden nach dem

Untergang der »Mefkure« aufnahm. Die Passagiere der »Bulbul« räumten mehrere Betten, gaben uns frische Kleidung und teilten ihre Vorräte mit uns, doch wir waren nicht in der Lage, viel zu uns zu nehmen. Erst nach einiger Zeit fanden wir Worte des Trostes und umarmten einander lange, bevor wir ein wenig zu ruhen versuchten. Doch sobald ich einzuschlafen begann, erschienen wieder die Bilder des brennenden, untergehenden Schiffs vor meinen Augen und versagten mir zunächst jede Ruhe, bis ich schließlich nach mehreren Stunden völlig erschöpft für einige Zeit Schlaf fand. Nachdem ich wieder aufgewacht war, hörten wir, dass wir in Kürze Istanbul erreichen würden. Wir waren alle froh, dass zumindest der erste Abschnitt unserer Überfahrt bald zu Ende gehen würde, auch wenn wir wussten, dass der zweite Teil unserer Reise nach Palästina wahrscheinlich nicht weniger gefährlich werden würde. Die Passagiere der »Bulbul« waren genauso erleichtert wie wir, weil ihnen die Gefahr bewusst war, in der auch sie geschwebt hatten. Eine Ärztin erzählte uns, dass der Kapitän und die Besatzung das Schiff auf dem einzigen Rettungsboot verlassen hätten, nachdem sie die Leuchtrakete über der »Mefkure« gesichtet hätten, und dass sie erst zwei Stunden später zurückgekehrt seien, kurz bevor die treibende »Bulbul« das Gebiet erreichte, in dem die »Mefkure« gesunken war.

Als wir in Istanbul ankamen, konnten wir glücklicherweise den Hafen sofort verlassen, weil die Briten der türkischen Regierung nach der Versenkung der »Mefkure« nochmals zugesichert hatten, dass wir Visa für Palästina erhalten würden. Noch im Hafen wurden wir von zwei Vertretern einer zionistischen Organisation in Empfang genommen, die mit uns zu einem kleinen Hotel fuhren, wo wir vor unserer Überfahrt nach Palästina einige Tage verbringen sollten. Sie gaben uns auch ein wenig Geld, damit wir uns neu einkleiden und unseren Lebensunterhalt bestreiten konnten. Dennoch waren wir in diesen Tagen kaum fähig, unsere Unterkunft zu verlassen, weil unsere traumatischen Erfahrungen ständig in unseren Gedanken und Gefühlen gegenwärtig waren. Am Tag nach unserer Ankunft wurden wir von türkischen Polizisten befragt und schilderten ihnen ausführlich, was wir erlebt hatten. Wir alle glaubten damals, ebenso wie die türkische Regierung, die Briten und die Amerikaner, dass ein deutsches Unterseeboot die »Mefkure« versenkt habe. Später wurde dann allerdings festgestellt, dass auch die »Mefkure« einem sowjetischen U-Boot zum Opfer gefallen war. Nachdem die Vernehmungen beendet waren, bekamen wir von der britischen Botschaft vorläufige Pässe mit den Visa für Palästina. Uns fiel ein Stein vom Herzen, weil damit wenigstens diese Ungewissheit beseitigt war. Gleichzeitig erfuhren wir, dass wir keine neue Schiffspassage antreten, sondern mit dem Zug von Istanbul nach Aleppo fahren und von dort mit einem Bus nach Tel Aviv gebracht würden. Auch diese Nachricht ließ uns aufatmen, weil eine weitere unsichere Überfahrt in einem Flüchtlingsschiff in uns eine kaum erträgliche Angst geweckt hätte.

Drei Tage nach unserer Ankunft wurden wir zum Bahnhof Haydarpaşa gebracht, der auf der asiatischen Seite des Bosporus lag. Als wir in einer Fähre die Meerenge überquerten, sah ich zum ersten Mal die ganze Stadt vor mir, deren zugleich europäische und orientalische Atmosphäre in meiner Phantasie Bilder des Landes wachrief, in dem wir in Zukunft leben würden. Nach der Überfahrt erblickten wir das prächtige, an einen Palast erinnernde Bahnhofsgebäude, in dessen hohen, gewölbten Hallen viele Züge warteten. Wir hatten zusammen mit mehreren anderen ehemaligen Passagieren der »Morina« und der »Bulbul« die Fähre bestiegen und suchten jetzt unseren Zug, der ein wenig abseits stand. Mit uns machten sich viele andere jüdische Flüchtlinge aus der Türkei und Europa auf den Weg nach Palästina. Unter ihnen waren zahlreiche Ärzte und Lehrer, aber auch Handwerker, die für den Aufbau eines künftigen jüdischen Staates dringend gebraucht wurden. Wir teilten unser Zugabteil mit einem Professor für Literaturgeschichte, der schon Mitte der dreißiger Jahre aus Deutschland geflohen war, aber zunächst in der Türkei gelebt hatte, weil die Briten ihm ein Visum für Palästina verweigert hatten. In Istanbul hatte er als Privatdozent für deutsche Literatur gearbeitet und hoffte, in der Zukunft seine Universitätskarriere in Palästina fortsetzen zu können. Als am Nachmittag schließlich alle Passagiere eingetroffen waren, verließen wir Istanbul und durchquerten die karge, mediterrane Landschaft Kleinasiens. Bevor wir uns auf die Nacht vorbereiteten, öffneten wir das Fenster und betrachteten in der abendlichen Kühle den Himmel, an dem in der trockenen Luft der Halbwüste alle Sternbilder und die Milchstraße in großer Klarheit zu erkennen waren und uns mehr als zuvor das Gefühl gaben, dass wir unser bisheriges Leben und die Begegnung mit dem Tod hinter uns ließen.

Als wir am Nachmittag des nächsten Tages Aleppo erreichten, wartete bereits der Bus auf uns, der uns nach Tel Aviv bringen sollte. Während der fast 24-stündigen Fahrt blickte ich voller Neugier auf die Wüstenlandschaft, die uns umgab und die immer wieder von Dörfern und Oasen unterbrochen wurde, bis wir schließlich am Mittag die Großstadt erreichten. Nachdem wir uns ein wenig von der Fahrt erholt hatten, wurden wir von einem Vertreter einer zionistischen Organisation zum Büro der britischen Mandatsverwaltung gebracht. Dort wurde uns eröffnet, dass wir möglicherweise in einem Lager in Zypern würden bleiben müssen, bis unsere Identität eindeutig geklärt und sichergestellt sei, dass wir keine Spione oder Provokateure seien. Nachdem ein Offizier uns ausführlich befragt hatte und mein Vater ihm glaubhaft versichern konnte, dass er Augenarzt sei, wurde uns freilich sofort eine Aufenthaltsgenehmigung erteilt. Danach gingen wir zu einer nahe gelegenen Sammelunterkunft für jüdische Einwanderer, wo wir die ersten Nächte verbrachten, bis wir eine Wohnung im Stadtzentrum von Tel Aviv beziehen konnten. Kurze Zeit später lernte mein Vater einen Kollegen kennen, in dessen Praxis er zunächst mitarbeitete, ehe er sich etwa ein Jahr später als Augenarzt selbständig machte. Da er auch in unserer neuen Heimat in seinem Beruf sehr erfolgreich war, konnten wir nach zwei weiteren Jahren in eine größere Wohnung in der Nähe der Strandpromenade umziehen, wo wir abends oft spazieren gingen und auf das Mittelmeer hinaussahen. Der Anblick des Meeres weckte in mir sehnsüchtige Gedanken an ferne Länder, aber auch Erinnerungen an die Schrecken unserer Reise auf der »Mefkure«, so dass sowohl meine Begegnung mit dem Tod als auch die Hoffnung auf ein neues Leben immer in meinem Bewusstsein gegenwärtig blieben. In diesen Jahren nach unserer Ankunft besuchte ich zunächst die Schule, um Hebräisch zu lernen und mich auf mein Studium vorzubereiten. Im Oktober 1947 begann ich schließlich mein Medizinstudium in Jerusalem, wo ich zunächst in einem Studentenheim in unmittelbarer Nähe der Universität wohnte. Hier wurde ich auch Zeugin des beginnenden Unabhängigkeitskrieges, dessen Bombenangriffe mich in manchen Augenblicken an die Versenkung der »Mefkure« erinnerten. Nach einigen Monaten in einer Unterkunft in Jerusalem konnte ich schließlich nach Tel Aviv zurückzukehren, wo ich bis zum Ende des Krieges bei meinen Eltern lebte. Obwohl es während des Unabhängigkeitskrieges manchmal bedrohliche Situationen gab, fühlten wir uns doch zusammen letztlich immer sicher und hatten das Gefühl, dass die Gefahr vorübergehen würde und dass wir nach unseren Erfahrungen in Rumänien und auf der Überfahrt eine neue Heimat gefunden hatten. Nach dem Ende des Krieges nahm ich mein Studium wieder auf und arbeitete nach dem Abschluss in der radiologischen Abteilung eines Krankenhauses in Tel Aviv. Dort lernte ich auch David, deinen Urgroßvater, kennen, und wir heirateten zwei Jahre später. Im darauffolgenden Jahr wurde dann Judith, deine Großmutter, geboren ...«

Nach diesen Worten kehrte Sarah zu dem Ort zurück, von dem sie gekommen war, und ein zweiter Schatten trat auf Rebecca zu.

»Ich bin Judith«, sagte die zierliche Frau mit langen schwarzen Haaren und braunen Augen. »Ich wurde 1954 in Tel Aviv geboren und bin auch dort aufgewachsen. Wie du habe ich seit meiner Kindheit mit Begeisterung Klavier gespielt, und deine Urgroßmutter hätte es gerne gesehen, wenn ich später Pianistin geworden wäre. Nicht zuletzt aber war ich eine hervorragende Schülerin und entwickelte früh ein großes Interesse an Mathematik und Naturwissenschaften. Freilich verlangte meine Mutter seit meiner Kindheit von mir strengste Disziplin und erwartete, dass ich die Tradition unserer Vorfahren fortsetzen und in allem erfolgreich sein würde, was ich tat. Wenn ich manchmal ein wenig aufbegehrte, erklärte sie mir, alles sei nur zu meinem Besten, und führte mir vor Augen, dass unsere Familie nur deshalb überlebt habe, weil wir zu den Gebildeten und damit zu den Privilegierten gehörten. So tat ich alles, um die Ziele zu erreichen, die meine Eltern mir setzten und die auch meine eigenen wurden, obwohl ich im tiefsten Inneren immer die Sehnsucht nach einem freien Leben in einer fernen neuen Heimat und nach einer tiefen seelischen Bindung bewahrte, die ich zu Hause niemals fand.

Als ich 19 Jahre alt war, hatte ich die Schule mit ausgezeichneten Noten abgeschlossen und die Aufnahmeprüfung für das Konservatorium in Tel Aviv bestanden, doch hatte ich mich schließlich nach reiflicher Überlegung für ein Mathematikstudium entschieden. Zuvor freilich musste ich zwei Jahre Wehrdienst leisten, eine Zeit, der ich mit großer Besorgnis entgegensah. Zwar war mir bewusst, dass Israel auf eine militärische Verteidigung nicht verzichten konnte, doch fürchtete ich, in Situationen zu geraten, die für mich zu einem lebenslangen seelischen Trauma werden würden. Aber leider hatte ich keine Wahl und wurde kurz nach dem Abschluss der Oberschule im Juli 1973 zum Wehrdienst als Sanitätssoldatin einberufen.

Schon im Juli, kurz nachdem ich meinen Dienst angetreten hatte, gab es erste Gerüchte über einen bevorstehenden Krieg, die jedoch die meisten nicht ernst nahmen. Sowohl meine Kameradinnen als auch unsere Vorgesetzten glaubten, dass die Überlegenheit der israelischen Armee und nicht zuletzt der Luftwaffe Ägypten, Syrien und andere arabische Staaten von einem Angriff abhalten würde. Ich hoffte inständig, dass sie recht behalten würden, obwohl ich insgeheim daran zweifelte und befürchtete, dass mir die Erfahrung eines Krieges nicht erspart bleiben würde.

Im September, nach dem Abschluss der Grundausbildung, wurde ich mit meiner Sanitätskompanie auf die Sinai-Halbinsel in die Nähe der ägyptischen Grenze versetzt. Dort schloss ich eine enge Freundschaft mit Ruth, die ich schon während der Grundausbildung kennengelernt hatte, als wir gemeinsam mit vier weiteren Kameradinnen in einer Stube wohnten. Sie teilte nicht nur meine Begeisterung für Musik, sondern auch meine Befürchtung, dass wir in unserer Dienstzeit einen Krieg erleben würden, dessen Bilder wir niemals würden vergessen können.

Leider zeigte der weitere Gang der Geschichte, dass wir mit unseren Ahnungen recht behalten sollten. Anfang Oktober war die Gefahr eines Krieges unter den Soldaten auf der Sinai-Halbinsel in aller Munde, doch konnten sich viele noch immer nicht vorstellen, dass es wirklich so weit kommen würde. So erschraken viele Soldatinnen unserer Kompanie und auch manche unserer Offiziere zutiefst, als wir am Vormittag des 6. Oktober erfuhren, dass wir uns nach neuesten Geheimdiensterkenntnissen am Ende des Tages im Krieg befinden würden. Nachdem wir diese Nachricht erhalten hatten, wurden wir sofort in kleinere Gruppen aufgeteilt, um in den Befestigungsanlagen der Bar-Lev-Linie bei dem erwarteten Angriff Verwundete versorgen zu können. Als unsere Gruppe am Nachmittag eines der Forts am Ufer des Suezkanals erreichte, waren alle Soldaten in tiefer Sorge, weil sie wussten, dass Israel seine Armee nicht mehr rechtzeitig würde mobilisieren können. Wir bezogen unser Quartier in einem Bunker der Befestigungsanlage, bauten unsere Feldbetten auf und bereiteten uns so gut wie möglich auf das vor, was uns erwartete.

Am Abend, kurz nach Sonnenuntergang, erschütterte plötzlich heftiger Artilleriebeschuss das Fort. Während das Licht in unserem Bunker flackerte und schließlich erlosch, erfüllte ein alles zerreißender Lärm den Raum. Ich fürchtete beinahe, dass das tiefe Dröhnen der Einschläge meinen Schädel zerbersten lassen würde, während die Vibrationen der Granattreffer meinen Körper durchdrangen, als ob eine durch nichts aufzuhaltende Gewalt sich aller meiner Glieder bemächtigte. Nach kurzer Zeit war ich in Schweiß gebadet und fühlte mich dem Ende meines Lebens nahe, doch kannten die Dämonen der Hölle, die uns umgab, kein Erbarmen, bis ich schließlich das Bewusstsein verlor und erst wieder erwachte, nachdem der Beschuss aufgehört hatte. Als kurz darauf die Lampen wieder ihr trübes Licht verbreiteten, erkannte ich in der staubbeladenen Luft die Gesichter meiner Kameradinnen, in denen sich wortloses Entsetzen widerspiegelte. Ruth und ich sahen uns an und versuchten uns mit Blicken zu trösten, bevor jemand laut an die Metalltür des Bunkers klopfte.

Als wir öffneten, standen uns in der tiefen Dunkelheit der unbeleuchteten nächtlichen Befestigungsanlage zwei Soldaten gegenüber, die uns erklärten, dass zwei ihrer Kameraden schwer verletzt seien. Wir holten zwei Tragen und bargen die beiden Verwundeten, die etwa 50 Meter entfernt auf dem Boden lagen. Einer von ihnen hatte eine stark blutende Wunde an seinem rechten Arm, der von Granatsplittern zerfetzt worden war. Der

Körper des zweiten Soldaten war von schwarzen Brandwunden übersät, und Teile seines Gesichts wirkten wie verkohlt. Einer der Soldaten berichtete uns, dass er Opfer eines Flammenwerferangriffs geworden sei. Nachdem wir die beiden Verletzten in den Bunker gebracht hatten, verabreichten wir ihnen starke Schmerzmittel und verbanden ihre Wunden. Dennoch verblutete der erste Soldat innerhalb einer Viertelstunde, obwohl wir ihm mehrere Blutkonserven gegeben hatten. Auch der zweite starb wenig später. Wir hatten beinahe gehofft, dass es so kommen würde, weil wir wussten, dass er nicht überleben würde, und weil seine Schmerzen trotz aller Medikamente unerträglich waren. Bevor sie zu ihrer Einheit zurückkehrten, erzählten uns die beiden unverletzten Soldaten, dass die Ägypter den Kanal an mehreren Stellen überquert hätten und dass unser Fort mittlerweile beinahe eingeschlossen sei, auch wenn die Besatzung noch immer versuche, sich so gut wie möglich zu verteidigen.

Wenig später kamen fünf weitere verwundete Soldaten, die allerdings weniger stark verletzt waren, obwohl auch sie unter starken Schmerzen litten. Nachdem wir sie versorgt hatten, versuchten wir ein wenig zu ruhen, doch obwohl ich todmüde war, fand ich keinen Schlaf, weil immer wieder der Lärm von Kampfflugzeugen, Schüssen und Detonationen in unseren unterirdischen Bunker drang.

Bei Tagesanbruch hörten wir schließlich das Geräusch eines Panzermotors. Als der Kommandant unserer Sanitätseinheit einen kurzen Blick nach draußen warf, erkannte er, dass es sich um einen israelischen Panzer und um israelische Soldaten handelte, und öffnete deshalb auf ihr Klopfen hin die Tür. Der Oberleutnant, der die Panzerbesatzung befehligte, erklärte uns, dass unser Fort völlig umzingelt sei und dass er sich mit seinem schwer beschädigten Panzer nur mit Mühe in letzter Minute in die Befestigungsanlage habe retten können. Außerdem benötige er unsere Hilfe, weil einer seiner Soldaten durch eine Granate enthauptet worden sei und er ihn nicht in seinem Panzer zurücklassen wolle. Als Ruth, ich und eine weitere Kameradin den Panzer erreichten, waren die überlebenden Soldaten noch immer zutiefst entsetzt vom Tod ihres Kameraden und weinten leise, bis der Kommandant sie anschrie und ihnen mit einem Verfahren vor dem Kriegsgericht drohte. Wir brachten die Mitglieder der Panzerbesatzung in unseren Bunker und versuchten, so gut es ging, sie zu beruhigen und zu trösten, bevor wir zu dem Panzer zurückkehrten, um die Leiche des toten Soldaten zu bergen. Zu dritt hoben wir den kopflosen Leichnam aus dem blutgetränkten Inneren des Panzers und brachten ihn in einen Nebenraum unseres Bunkers. Ruth und unsere Kameradin waren totenblass und zitterten, und auch mich verließen beinahe die Kräfte, als wir anschließend in den Bunker zurückkehrten. Die Panzerbesatzung blieb bei uns, weil nach Auskunft des Oberleutnants kein Weg mehr aus unserem Fort herausführte. Außerdem berichtete uns der Offizier, dass israelische Panzereinheiten und nicht zuletzt die Luftwaffe schwere Verluste erlitten hätten und dass ägyptische und syrische Armeen immer weiter vorstießen. Die Soldaten der Panzerbesatzung waren noch immer erschüttert von dem, was sie erlebt hatten. Insbesondere der Fahrer war anfangs kaum in der Lage, ein Wort zu sprechen, bevor er uns schließlich beinahe unter Tränen erzählte, dass ihm befohlen worden sei, ägyptische Soldaten zu überfahren, und dass er sich deshalb am liebsten das Leben nehmen wolle. Wir gaben ihm ein Beruhigungsmittel und blieben noch ein wenig bei ihm, bevor plötzlich das Licht erlosch und völlige Dunkelheit herrschte.

Wir wussten, dass uns zunächst nichts anderes übrig blieb, als auf das zu warten, was kommen würde, sei es eine Rückeroberung des Forts durch die israelische Armee oder seine Besetzung durch ägyptische Truppen. Während die Stunden vergingen, wurde mir zum ersten Mal die feuchte Kühle in der Bunkeranlage bewusst, die langsam von meinem Körper Besitz ergriff. Immerhin konnte ich erstmals seit unserer Ankunft ein wenig schlafen, auch wenn immer wieder die schrecklichen Bilder des vergangenen Tages vor meinem inneren Auge erschienen. Als ich wieder erwachte, wusste ich nicht, wie viel Zeit vergangen war. Viele meiner Kameradinnen schliefen offenbar, und es waren nur selten leise Gespräche zu hören. Dann jedoch drangen von außen Geräusche fahrender Panzer und marschierender Soldaten in den Bunker, die in mir den Eindruck weckten, dass wahrscheinlich die Ägypter die Befestigungsanlage eingenommen hatten. Dieses Gefühl bestätigte sich bald, als der

Kommandant der Panzerbesatzung durch einen Schlitz nach draußen sah. Anschließend hörte ich, wie der Leutnant, der unsere Sanitätseinheit befehligte, und der Panzerkommandant die Lage besprachen. Der Leutnant dachte offenbar an eine Kapitulation, weil unsere Wasser- und Nahrungsmittelvorräte zur Neige gingen. Der Oberleutnant der Panzerbesatzung erhob jedoch Einwände dagegen. Nicht nur sei es unsere Pflicht, bis zur Rückeroberung durch die israelische Armee auszuharren, sondern es sei auch zu befürchten, dass die Ägypter in dieser ersten Phase des Krieges keine Gefangenen machen würden. Schließlich beugte sich unser Leutnant dem höherrangigen Offizier und nahm von dem Gedanken an eine Kapitulation Abstand. Ich fürchtete, was kommen würde, weil ich wusste, dass wir so gut wie kein Wasser mehr hatten. In der Tat stellte sich bald heraus, dass jede von uns nur zwei Becher voll Wasser erhielt, die wir gierig austranken. Ruth und ich saßen nebeneinander auf unseren Betten, und wir hielten manchmal unsere Hände, während in der Finsternis des Bunkers, die nur vom gelegentlichen Flackern einer Taschenlampe kurz erhellt wurde, Hunger und vor allem ein rasch zunehmender Durst beinahe alle unsere Gedanken beherrschten. Meine trockene Kehle machte selbst das Schlucken zur Qual, und bald fühlte ich einen nagenden Kopfschmerz, der mir fast den Verstand raubte. So war ich froh, als mich beginnende Dumpfheit und Benommenheit langsam unsere verzweifelte Lage vergessen ließen ...

Am Morgen schien die Sonne durch alle Ritzen unseres Bunkers. Als wir die Tür öffneten, waren wir geblendet vom hellen Licht, das in unsere kalte, feuchte Behausung strömte. Alle verließen die Befestigungsanlage, in der scheinbar sämtliche Spuren des Krieges getilgt waren. Als wir die Wüste durchwanderten, sahen wir bald von Ferne die Silhouette einer Oase, der wir uns rasch näherten. Üppige Palmen und Obstbäume umgaben eine sprudelnde Quelle, die im Überfluss kühles Wasser spendete. Obwohl der Oberleutnant uns warnte und zu bedenken gab, dass das Wasser vergiftet sein könne, tranken viele meiner Kameradinnen nach Herzenslust, bis sie sich im Schatten der Bäume zur Ruhe betteten. Lediglich Ruth, ich und einige andere hörten auf die Mahnung des Offiziers und auf unsere Intuition und tranken lediglich den verbliebenen Inhalt unserer Feldflaschen, bevor auch wir uns unter den Bäumen niederlegten und unsere Augen schlossen.

Nach langer Zeit wurden wir plötzlich durch schrille, panische Schreie geweckt und sahen, wie die Soldatinnen, die das Wasser der Quelle getrunken hatten, voller Erschrecken ihre Körper betrachteten, auf denen sich an Armen und Beinen, auf Bauch und Brust sowie im Gesicht zahlreiche große schwarze Beulen gebildet hatten. Als sie wenig später aufbrachen, entwichen aus ihnen unzählige Würmer, Käfer, fliegende Ameisen und andere Insekten, die sofort das Weite suchten. Bald wanden sich unsere Kameradinnen vor Schmerz, Ekel und Entsetzen, während sich ihre Körper auflösten und in grauenhaftes Ungeziefer verwandelten, ohne dass wir ihnen hätten beistehen können. Schließlich rief uns der Oberleutnant einen Befehl zu, und die unversehrten Soldatinnen folgten ihm im Laufschritt zurück zu unserem Bunker, in dem wir uns verbarrikadierten.

Viele Stunden, vielleicht auch mehrere Tage später hallte der Bunker wider von bedrohlichen Rammstößen gegen die schwere Metalltür am Eingang. Der Oberleutnant stand sofort auf und sah kurz durch ein kleines, vergittertes Fenster nach draußen. Während er seine Waffe holte und meine Kameradinnen weckte, warf auch ich einen Blick nach draußen, der mich bis ins Mark erschaudern ließ. Das Fort wimmelte von großen und kleinen, teils fliegenden Insekten aller Art, die einen Weg in unseren Bunker suchten, angeführt von einem riesenhaften Käfer, der mit seinem Panzer und seinen Fresswerkzeugen die Tür aufzubrechen versuchte ...

Als ich aus meinem Alptraum erwachte, hörten wir laute Schläge gegen die Tür. Nach wenigen Augenblicken wurde mir klar, dass die Ägypter unseren versteckten Bunker entdeckt hatten. Da wir uns gegen ihre Übermacht nicht hätten verteidigen können, öffnete der Oberleutnant schließlich die Tür. Die Soldaten, die uns fesselten, verhielten sich gegenüber uns Frauen glücklicherweise sehr zurückhaltend. Die männlichen Soldaten der Panzerbesatzung und die beiden Offiziere jedoch wurden in einen

Hof geführt, und es wurde ihnen befohlen, sich in einer Reihe aufzustellen. Anschließend legten mehrere Soldaten mit ihren Gewehren auf sie an. Auf den Gesichtern mancher Kameraden zeigte sich tiefe Verzweiflung, wohingegen der Oberleutnant den Ägyptern mit einer Mischung aus Standhaftigkeit und Verachtung ins Gesicht sah. Während wir das Schlimmste befürchteten, fuhr mit hoher Geschwindigkeit ein Geländewagen auf den Hof, und die Soldaten ließen ihre Gewehre sinken. Aus dem Wagen stieg ein höherer Offizier, der die Soldaten und ihre Unteroffiziere scharf zurechtwies und ihnen schwere Konsequenzen ankündigte.

Anschließend wurde uns befohlen, auf die Ladeflächen zweier Lastwagen zu steigen, die uns zum Ufer des Suezkanals brachten. Ruth und ich sahen einander ins Gesicht, und wir versuchten uns gegenseitig zu trösten, bevor wir nach langer Zeit endlich Wasser erhielten, das wir aus großen Behältern in unsere Feldflaschen füllten. Nachdem wir auf einer Pontonbrücke den Suezkanal überquert hatten, erreichten wir die Baracke einer Sanitätseinheit, wo wir gründlich untersucht wurden. Bei Ruth und mir wurde eine beginnende Lungenentzündung diagnostiziert, die wir uns in der kühlen, modrigen Luft des Bunkers zugezogen hatten. Danach wurden wir in ein Militärkrankenhaus überführt, wo wir mit mehreren Kameradinnen einen Krankensaal teilten.

Als nach zwei Wochen die Symptome der Lungenentzündung abklangen, verbreiteten sich erste Gerüchte, dass wir bald gegen gefangene ägyptische Soldaten ausgetauscht würden, nachdem mittlerweile ein Waffenstillstand geschlossen worden war. Zum Glück bewahrheitete sich diese Hoffnung rasch, und wir wurden etwa eine Woche später zu einem Übergang an der Waffenstillstandslinie gebracht, von wo aus wir nach Israel und zu unseren Familien zurückkehrten. Meine Eltern waren froh, mich wiederzusehen, und versuchten mir zu helfen, nach meinen Erfahrungen während des Krieges und der grausamen Begegnung mit dem Tod wieder ins Leben zurückzufinden. Zwar konnte ich nach meiner vorzeitigen Entlassung aus der Armee wenig später mit dem Mathematikstudium in Jerusalem beginnen, doch spürte ich trotz allem immer stärker, dass ich nie mehr in Israel heimisch werden würde. Immer wieder erlebte ich bei Tag wie bei Nacht dieselben unablässig wiederkehrenden Szenen, Ängste und Alpträume, die mich fast nie zur Ruhe kommen ließen. Nach einigen Monaten beschloss ich deshalb, mich um ein Stipendium in Amerika zu bewerben, in der Hoffnung, dort ein anderes, neues Leben beginnen zu können, von dem ich in der Tiefe meiner Seele schon seit Jahren geträumt hatte.

Drei Monate später erhielt ich dann tatsächlich eine Zusage für ein Stipendium in Pittsburgh und begann mich auf die Abreise vorzubereiten. Während meine Mutter trotz mancher Zweifel glaubte, dass ich die richtige Entscheidung traf, stand mein Vater meinen Plänen zunächst eher ablehnend gegenüber, und es dauerte längere Zeit, bis er dafür Verständnis aufbringen konnte. Ich allerdings war immer fester davon überzeugt, dass die Reise nach Amerika für mich einen ersten großen Schritt in eine andere Zukunft bedeutete.

Nach meiner Ankunft in den USA fand ich mich dann in der Tat schnell zurecht, und langsam verblassten schließlich auch die Erinnerungen an meine traumatischen Erlebnisse, obwohl ihre Spuren nie völlig vergangen sind. Kurz vor dem Ende meines Studiums heiratete ich Michael, deinen Großvater, den ich einige Jahre zuvor kennengelernt hatte, und nach der Geburt deiner Mutter zogen wir nach New Jersey, wo wir einen großen Teil unseres Lebens verbrachten ...«

Nachdem Judith zu den anderen Schatten zurückgekehrt war, näherte sich Rebecca schließlich eine schwarzhaarige Frau, die sie auf den ersten Blick als Sarah, ihre Mutter, erkannte.

»Du kennst die Geschichte meines Lebens«, sagte Sarah. »Du weißt, dass ich schon von Kindheit an davon geträumt habe, Pianistin zu werden, und dass ich alles darangesetzt habe, Musik zu studieren. Dabei habe ich die Tradition unserer Familie fortgesetzt, in allem perfekt zu sein, eine Tradition, die unseren Vorfahren das Leben gerettet hat. Es war mir wichtig, dir diese Einstellung weiterzugeben, und sie hat viel zu deinem Erfolg beigetragen, den ich mit großem Wohlgefallen verfolge.«

»Ja, aber du hast mir mit deiner grausamen Kritik, mit deinem Hass auf mich und meinen Vater und mit dem ständigen Leistungsdruck meine Kindheit und meine Jugend genommen, und deine qualvollen Demütigungen haben in meiner Seele tiefe Verletzungen hinterlassen, die nie ganz heilen werden«, antwortete Rebecca.

»Ich wollte immer nur das Beste für dich, so wie unsere Eltern und Großeltern immer das Beste für uns wollten und damit dafür sorgten, dass wir überlebten und dass unser Weg immer weiter aufwärts führte.«

»Aber vergiss nicht, dass ich einen hohen Preis dafür bezahlt habe und dass ich manchmal dem seelischen Tod näher als dem Leben war.«

»Trotzdem solltest du immer an das denken, was ich dir gesagt habe, und daran, dass ich dich stets auf deinem Lebensweg begleiten und bei dir sein werde«, antwortete Sarah, bevor sie in der Dunkelheit verschwand.

Nachdem die Schatten der Verstorbenen sich in der Weite der nächtlichen Insel verloren hatten, kehrten Rebecca und Christian zu dem Boot zurück, auf dem sie gekommen waren, und folgten dem Strom, der das Totenreich durchzog, bis zu seiner Mündung ins Meer. Nachdem sie den Ozean erreicht hatten, glitten sie auf seiner stillen Oberfläche ruhig dahin, bis der Morgen dämmerte und zum ersten Mal seit langer Zeit das Licht der Sonne die Welt um sie herum erhellte ...

Als Rebecca die Augen öffnete, drang gedämpfter Sonnenschein in die Kabine. Der Orkan war zu Ende und der Seegang nur noch mäßig. Christian war bereits wach und saß auf seinem Bett, während Rebecca die Sicherheitsgurte ihrer Liege löste.

»Wann bist du aufgestanden?«, fragte sie.

»Etwa vor einer Stunde. Ich habe gehofft, dass du bald aufwachen würdest. Geht es dir gut?«

»Ja ... Ich habe nur starken Durst.«

»Das ist auch kein Wunder. Es ist schließlich schon mehr als 24 Stunden her, seit wir zum letzten Mal etwas getrunken haben.«

»Haben wir so lange geschlafen?«

»Ja ... Ich weiß nicht warum. Vielleicht waren es die Beruhigungsmittel, oder ein gnädiges Schicksal hat uns davor bewahrt, diesen Sturm miterleben zu müssen.«

Nachdem Rebecca zwei ganze Wasserflaschen leergetrunken hatte, sagte sie:

»Ich war noch nie in meinem Leben so durstig. Es erstaunt mich nicht, dass ich zum Schluss von einer Wüste und entsetzlichem Durst geträumt habe.«

»Worum ging es in deinem Traum?«

»Um so etwas wie einen Ausflug in die Unterwelt«, antwortete Rebecca und berichtete Christian, was sie in ihrem Traum erlebt hatte.

»Da hat wohl die *Odyssee* ihre Spuren hinterlassen ... Es kann allerdings sein, dass wir dem Jenseits in den vergangenen 24 Stunden tatsächlich näher waren, als wir es vor unserer Reise je geahnt hätten.«

Rebecca nickte mit einem Ausdruck des Entsetzens und fragte nach einem Augenblick: »Wie geht es Michael?«

»Einigermaßen gut ... Er ist zwar ziemlich erschöpft, aber ansonsten scheint im Wesentlichen alles wieder in Ordnung zu sein. Er hat mir freilich erzählt, dass der Orkan sehr stark war und dass unser Leben offenbar manchmal an einem seidenen Faden hing.«

»Wir sollten ihn ablösen. Ich glaube, er kann es gebrauchen.«

»Ja, das hatte ich auch vor.«

Nachdem Rebecca sich kurz gewaschen und eine Kleinigkeit gegessen hatte, gingen die beiden auf das Oberdeck, wo Michael noch immer die Stellung hielt.

»Schön zu sehen, dass es euch beiden gut geht«, sagte Michael.

»Wir haben den ganzen Sturm verschlafen«, erwiderte Rebecca.

»Seid froh«, sagte Michael, und Rebecca spürte deutlich, dass Michael nicht nur erschöpft war, sondern dass der Orkan für ihn auch ein erschütterndes Erlebnis gewesen war.

»Der Sturm und der Wellengang waren sehr heftig, und es gab einige kritische Situationen, in denen wir möglicherweise ohne den Autopiloten nicht überlebt hätten. Er hat besser reagiert, als ich oder die meisten anderen Kapitäne es hätten tun können ... Das Problem ist jetzt, dass der Orkan uns sehr weit abgetrieben hat und dass wir nicht genau wissen, wo wir sind, weil das Navigationsgerät und die Satellitenverbindung noch immer nicht funktionieren. Zu allem Überfluss ist darüber hinaus auch noch das Funkgerät ausgefallen, und ich kann es auch nicht reparieren, weil ich trotz aller Anstrengungen nicht herausfinden kann, wo der Fehler liegt... Ich habe zwar versucht, unsere Position mit dem Sextanten zu bestimmen, aber leider ist das alles andere als einfach, weil der Blick auf die Sonne und die Sterne entweder verdeckt oder durch Schleierwolken getrübt ist und weil der Seegang nach wie vor verhältnismäßig stark ist. Außerdem habe ich den Umgang mit dem Sextanten zwar gelernt, aber ich habe wenig Erfahrung damit, weil auf meinen bisherigen Touren die Navigationsgeräte immer zuverlässig gearbeitet haben. Dass diese Instrumente und die Satellitenverbindung so lange ihren Dienst versagen, passiert nur selten. Immerhin konnte ich feststellen, dass wir uns wahrscheinlich weit von der australischen Westküste entfernt mitten im südlichen Indischen Ozean befinden, einem der entlegensten Gebiete der Erde. Außerdem wird unser Kraftstoffvorrat nur noch für sehr begrenzte Zeit reichen, weil der Motor durch die hohen Wellen viel Diesel verbraucht hat und wahrscheinlich spätestens in einigen Tagen stehenbleiben wird. Unter den jetzigen Bedingungen ist deshalb eine Rückkehr nach Australien äußerst schwierig, weil wir gegen die herrschenden Winde und Strömungen ankämpfen müssten und schließlich doch wieder nach Westen abgetrieben würden, nachdem der Motor seinen Geist aufgibt.«

»Was machen wir jetzt?«, fragte Christian.

»In unserer jetzigen Lage halte ich es beinahe für das Beste, wenn wir uns Richtung Westen treiben lassen und hoffen, dass wir die Küste des südlichen Afrika erreichen. Das bedeutet zwar auch ein großes Risiko, aber ich glaube, dass wir so die größten Chancen haben.«

»Wie lange würde es dauern, bis wir hoffentlich die südafrikanische Küste erreichen?«, fragte Rebecca.

»Vielleicht eine oder zwei Wochen«, entgegnete Michael.

»Leider funktionieren weder die Satellitenverbindung noch das Funkgerät. Auf diese Weise können wir auch keinen Hilferuf senden«, sagte Christian.

»Das stimmt. Außerdem befinden wir uns in einer der einsamsten und unwirtlichsten Gegenden der Welt. Die Wahrscheinlichkeit, dass wir hier einem anderen Schiff begegnen, ist äußerst gering.«

Rebecca nickte bedrückt und antwortete:

»Immerhin haben wir genügend Wasser und Lebensmittel.«

»Das ist das einzig Beruhigende«, entgegnete Christian.

»Ich mache mir beinahe Vorwürfe, weil ich euch zu dieser Reise überredet habe«, sagte Michael.

»Du brauchst keine Gewissensbisse zu haben«, antwortete Rebecca. »Niemand hätte ahnen können, dass wir in eine solche Lage geraten würden.«

Christian nickte und fuhr, zu Michael gewandt, fort:

»Du solltest jetzt längere Zeit schlafen.«

»Ich glaube, das ist bitter nötig«, erwiderte Michael. »Ich kann kaum noch die Augen offenhalten ... Ihr braucht nicht viel zu tun. Der Autopilot ist so eingestellt, dass er einen westlichen Kurs beibehält.«

Nachdem Michael noch etwas gegessen und getrunken hatte und anschließend in seine Schlafkabine gegangen war, blickten Rebecca und Christian durch die Fenster des Oberdecks auf die noch immer aufgewühlte See und die grauen Wolken, die jetzt wieder die Sonne verdunkelten.

Schließlich fragte Christian:

»Glaubst du, dass Michaels Entscheidung, die Fahrt nach Westen fortzusetzen, richtig ist?«

»Ich finde seine Gründe durchaus überzeugend«, antwortete Rebecca nach einem Augenblick des Nachdenkens.

»Ich sehe auch keine andere Möglichkeit«, sagte Christian. »Wir können nur hoffen, dass uns unser Weg tatsächlich nach Südafrika führt.«

»Das stimmt ... Ich bin wirklich froh, dass wir genügend Vorräte mitgenommen haben.«

»Ich hoffe nur, dass wir nicht in einen zweiten Sturm geraten.«

»Das ist sehr unwahrscheinlich. Es dürfte sehr selten vorkommen, dass Schiffe kurz hintereinander mit zwei Stürmen zu kämpfen haben.«

»Ja«, erwiderte Christian, und die beiden umarmten sich lange, um einander zu trösten.

Mehrere Stunden später, als die Dämmerung fortschritt und das Grau des wolkenverhangenen Himmels einer völligen Finsternis wich, kehrte Michael auf das Oberdeck zurück.

»Du wirkst halbwegs erholt«, sagte Christian.

»Ja, der Schlaf hat mir gutgetan«, entgegnete Michael und setzte sich auf den Stuhl vor dem Steuerpult. Nachdem er kurz die Anzeigen kontrolliert hatte, sagte er:

»Ich hoffe, dass der Kraftstoffvorrat noch möglichst lange reicht ... Wenn der Motor ausfällt, können wir nur noch beten.«

Christian und Rebecca nickten, und Rebecca beobachtete Michael, während er sich umdrehte, den Blick auf den tiefschwarzen Himmel geheftet, als ob sich dort eine ferne, unergründliche Bedrohung verberge.

Als Michael eine halbe Stunde später für einige Minuten das Oberdeck verließ, sagte Rebecca zu Christian:

»Michael hat sich verändert. Er ist nicht mehr derselbe wie zu Beginn unserer Reise.«

»Ja, du hast recht«, erwiderte Christian. »Er ist längst nicht mehr so selbstsicher und scheinbar furchtlos wie früher. Der Sturm und die Begegnung mit dem Tod haben offenbar einiges in ihm bewirkt.«

»Das stimmt. Ich habe den Eindruck, dass er nicht wirklich darüber sprechen will, und für den Augenblick ist es sicher besser, diesen Wunsch zu respektieren ... Aber, ehrlich gesagt, ich weiß nicht, ob es wirklich nur der Sturm war. Die Art, wie er vorhin beinahe angsterfüllt nach draußen auf den Himmel gestarrt hat ... Vielleicht ist es nur Phantasie, aber ich hatte das Gefühl, dass es vielleicht außer dem Sturm und unserer schwierigen Situation noch etwas anderes gibt, was zu dieser auffälligen Veränderung beigetragen hat, auch wenn ich nicht weiß, was es sein könnte.«

»Ich glaube nicht, dass du dir etwas einbildest. Meistens liegst du mit deiner Intuition richtig. Möglicherweise werden wir irgendwann mehr herausfinden ... wenn alles vorbei ist.«

»Ja«, antwortete Rebecca, und die beiden sahen sich mit einem

Ausdruck tiefer Verbundenheit in die Augen, bevor Michael wenig später zurückkehrte.

Die nächsten Tage verbrachten Rebecca, Christian und Michael abwechselnd in ihren Schlafkabinen und auf dem Oberdeck, während die Yacht ihren Weg ins Ungewisse fortsetzte. Als schließlich eines Abends der Motor stehenblieb, nachdem der letzte Kraftstoff aufgebraucht war, erlosch das Licht, und die drei mussten sich an Bord des Bootes mit Taschenlampen orientieren. Als sie kurz darauf alle auf dem Oberdeck saßen, sagte Michael:

»Jetzt bleibt uns nur noch die Hoffnung, dass uns die Winde und Meeresströmungen nach Südafrika tragen.«

»Wie groß ist die Wahrscheinlichkeit, dass wir auf bewohntes Land treffen?«, fragte Christian.

»Ich weiß es nicht genau«, antwortete Michael. »Zwar verläuft die Oberflächenströmung in diesem Teil des Indischen Ozeans von Ost nach West, aber es ist leider durchaus möglich, dass wir am Kap der Guten Hoffnung vorbei nach Süden getrieben werden, in ein Seegebiet zwischen der Antarktis, Afrika und Südamerika. Was das bedeuten würde, könnt ihr euch vorstellen … Das Problem ist, dass wir uns nicht nur in einem der einsamsten Meere der Welt befinden und keine Hilfe rufen können, sondern dass ich auch unsere Position nicht bestimmen kann, weil es nahezu ständig bewölkt ist.«

»Immerhin reichen unsere Vorräte noch für eine ganze Weile, und ich glaube, dass wir es irgendwann nach Südafrika schaffen oder einem anderen Schiff begegnen, das uns aufnimmt«, sagte Rebecca.

»Ja, natürlich«, erwiderte Michael, doch spürte Rebecca gleichzeitig Zweifel und Angst in seiner Stimme.

Als Rebecca und Christian sich einige Zeit später in ihrer Schlafkabine auf die Nacht vorbereiteten, sagte Rebecca:

»Michael wirkt in der Tat tief verändert. Man spürt jetzt deutlich seine Angst, auch wenn er versucht, sie nicht zu zeigen … Natürlich habe ich auch Angst, aber seit unserem Erlebnis im Flugzeug vor einigen Monaten ist meine Furcht vor dem Tod geringer geworden … Ich bin im tiefsten Inneren davon überzeugt, dass er nicht das Ende bedeutet. Diese Gedanken spiegeln sich auch in dem Traum vom Jenseits wider, von dem ich dir erzählt habe.«

»Du weißt, dass es mir ähnlich geht«, entgegnete Christian und legte einen Arm um Rebeccas Schulter. »Diese Überzeugung wird uns jetzt helfen.«

»Richtig«, sagte Rebecca, bevor sie sich beide schlafen legten, während ihr Boot ruhelos durch den Ozean trieb, tagelang, wochenlang, einem fernen Ziel entgegen, von dem sie nicht wussten, ob sie es je erreichen würden.

Nach einiger Zeit hörten sie auf, die Tage zu zählen, die im Grau der Wolken aufeinanderfolgten wie die Wellen des Meeres, grenzenlos, ohne Anfang und ohne Ende.

Schließlich jedoch gingen ihre Nahrungs- und Wasservorräte zur Neige, und sie wussten, dass ihnen nicht mehr viel Zeit blieb, obwohl sie so wenig Wasser wie möglich verbrauchten. Trotz des quälenden Durstes fielen sie immer öfter in einen tiefen, traumlosen Schlaf, der sie für mehrere Stunden von ihrer Angst und Verzweiflung erlöste, bevor die Unerbittlichkeit des Endes in jener Welt ohne Ort, Raum und Zeit in ihr Bewusstsein zurückkehrte.

Während sie eines Tages auf dem Oberdeck saßen und ihre Wahrnehmung öfter und öfter der Apathie des nahenden Todes wich, bemerkte Rebecca plötzlich einen vorbeihuschenden Schatten. Sie ergriff Christians Hand und sagte:

»Da war etwas ... die Umrisse eines Lebewesens.«

Christian sah sie mit einer Mischung aus Ungläubigkeit und Hoffnung an, bevor Michael antwortete:

»Ich habe nichts gesehen.«

In der Tat zeigte sich lange Zeit außer der nie endenden Düsternis des Meeres nichts mehr vor ihren Augen, und Rebecca begann zu zweifeln, bevor zwei weitere Silhouetten vor dem Fenster des Oberdecks vorüberglitten.

»Mein Gott, du hast recht ... zwei Möwen«, sagte Christian.

Doch erst als ein weiterer Vogel ihren Weg kreuzte, erkannte auch Michael, dass Rebeccas Beobachtung kein Trugbild gewesen war. Noch immer jedoch blieb die Küste im undurchdringlichen Grau des Himmels ihren Blicken verborgen, bis schließlich das leise Rauschen der Brandung an ihre Ohren drang und ihre Yacht wenig später an einem Sandstrand auf Grund lief. Nachdem Michael den Anker ausgeworfen hatte, sprangen alle drei ins seichte Wasser und betraten wenig später nach ihrer schier endlosen Fahrt durch ferne Welten festen Boden. Die ersten Schritte erschienen ihnen, als ob sie in ein Leben zurückkehrten, das ihnen bekannt, aber längst nicht mehr vertraut war. Während sie am Strand entlangliefen, umgaben noch immer tiefhängende Wolken und dichter Nebel die Konturen der Küste mit dem Schleier eines unergründlichen Geheimnisses. Nach etwa einer Stunde ergriff sie wieder wachsende Verzweiflung und die Erschöpfung des nahe Endes, bevor sie die Silhouette einer Frau erkannten, die sich ihnen näherte. Als ihnen schließlich die großgewachsene junge Frau mit schwarzer Hautfarbe und großen, ausdrucksvollen Augen gegenüberstand und sie mit einer Mischung aus Verwunderung, Erschrecken und Mitleid anblickte, fragte Rebecca:

»Wo sind wir?«

»In der Nähe von Mazeppa Bay«, erwiderte die junge Frau. Als Rebecca sie weiter mit flehendem, fragendem Blick ansah, fügte sie hinzu:

»In Südafrika.«

Während Rebecca mit den Tränen kämpfte, bemerkte sie, dass sich der Nebel und die Wolken langsam zu lichten begannen und die Umrisse einer felsigen Küste und einer Flussmündung sichtbar wurden. Schließlich fragte die Südafrikanerin:

»Wo kommt ihr her, und was ist mit euch passiert?«

»Unsere Motoryacht liegt ein paar Kilometer von hier entfernt am Strand ... Wir kommen aus Australien und wurden von einem Orkan weit abgetrieben, bis wir schließlich hier gelandet sind«, antwortete Rebecca.

»Oh mein Gott!«, entgegnete die junge Frau. »Ich hole Hilfe. Wartet hier, ich bin gleich zurück.« Daraufhin lief sie eilig in Richtung der Häuser eines kleinen Ortes, die in der Ferne zu erkennen waren. Rebecca, Christian und Michael setzten sich völlig erschöpft auf einen Holzstamm und betrachteten die sie umgebende Landschaft mit ihren Kliffs und Sandstränden.

Schließlich sahen sie einander in die Augen und hingen ihren Gedanken nach, ohne ein Wort zu sprechen, bis die Südafrikanerin mit ihrem Mann in einem Geländewagen zurückkehrte. Die beiden brachten sie in ein Krankenhaus in der nächstgelegenen Stadt, wo sie eingehend untersucht wurden. Als Rebecca vor der Untersuchung in einen Spiegel blickte, erschrak sie zutiefst. Ihre Wangen waren eingefallen, ihre Gesichtsknochen traten deutlich hervor, ihre Kleidung war verschmutzt und teilweise zerrissen, und ihre langen dunkelbraunen Haare waren zu einer verfilzten Masse verklebt. Erst jetzt wurde ihr ganz bewusst, wie sehr auch Christian und Michael sich verändert hatten. Auch sie waren ausgezehrt und abgemagert, und es waren ihnen zerzauste Vollbärte gewachsen, die sie um Jahre älter erscheinen ließen. Zu Beginn der Untersuchung fragte sie der Arzt, was ihnen zugestoßen sei, und wirkte zutiefst entsetzt, als er ihre Geschichte erfuhr. Schließlich fragte Rebecca:

»Welches Datum haben wir heute?«

»Den 25. April«, erwiderte der Arzt.

Rebecca sah ihn ungläubig an und sagte: »Mein Gott, wir waren fast sieben Wochen lang unterwegs ...«

Bei der Untersuchung wurde eine deutliche Dehydrierung und Unterernährung festgestellt, und die drei wurden für eine Nacht stationär aufgenommen, bevor sie am nächsten Tag das Krankenhaus wieder verlassen konnten und in einem Hotel untergebracht wurden. Nachdem sie schon im Krankenhaus kurz mit ihren Familien telefoniert hatten, die daran gezweifelt hatten, ob sie sie je wiedersehen würden, sprach Rebecca im Hotel für längere Zeit mit ihrem Vater, der ihr erzählte, dass ihre Mutter vor mehreren Wochen an einem plötzlichen Herzinfarkt verstorben sei, kurz nachdem sie Australien verlassen hätten.

»Meine Mutter ist etwa zur selben Zeit gestorben, als wir in diesen Sturm geraten sind und kurz bevor ich ihr im Traum begegnet bin«, sagte Rebecca zu Christian.

Christian umarmte Rebecca und antwortete: »Es war Zufall, aber manchmal zeigt sich auch in Zufällen ein tieferer Sinn.«

»Ja ... ohne Zweifel«, sagte Rebecca und drückte Christian fest an sich.

Während sie sich in den nächsten Tagen erholten und ihren

Rückflug nach Frankfurt vorbereiteten, wurde ihnen noch deutlicher als zuvor bewusst, wie knapp sie dem Tod entronnen waren.

»Wir hätten nicht mehr lange durchgehalten«, sagte Michael am Tag vor ihrer Abreise und fuhr fort: »Außerdem hätten wir bei unserem Kurs leicht das südliche Afrika verfehlen und ins Nichts treiben können.«

»Ja …«, antwortete Rebecca und senkte den Kopf. »Niemand hätte sich vorstellen können, dass unsere Bootstour eine Reise an den Rand einer anderen Welt werden würde.«

»Für dich kommt noch der Tod deiner Mutter dazu«, sagte Christian.

»Ja«, erwiderte Rebecca. »Als mein Vater mir davon erzählt hat, war ich zunächst wie vor den Kopf geschlagen und habe erst langsam wirklich begriffen, was diese Nachricht für mich bedeutet. Obwohl mein Verhältnis zu ihr sehr schwierig war, ist ihr Tod doch ein Schock für mich. In meinem Leben wird jetzt vieles anders werden.«

»Ich glaube, das gilt für uns alle«, sagte Christian und legte einen Arm um Rebeccas Schulter.

Nachdem sie zuvor noch von der südafrikanischen Polizei zu ihrer unglaublichen Fahrt durch den Indischen Ozean befragt worden waren, bestiegen sie etwa eine Woche nach ihrer Ankunft in Südafrika abends das Flugzeug nach Frankfurt. Während der tief dunkle afrikanische Kontinent unter ihr vorüberzog, erlebte Rebecca in ihren Gedanken noch einmal ihre Reise jenseits der Grenzen der Welt, wie sie sie bis dahin gekannt hatte.

Als sie am nächsten Morgen in Frankfurt landeten, war die Stadt nach einer kühlen Nacht in Nebel gehüllt, der sich langsam lichtete und die Silhouette ihrer Heimatstadt sichtbar werden ließ. Nachdem sich Rebecca und Christian von Michael verabschiedet hatten und in Rebeccas Wohnung angekommen waren, sagte Rebecca:

»Es ist, als ob wir wie Odysseus in eine Heimat zurückkehrten, die uns bekannt, aber doch anders ist als das, was uns bisher vertraut war.«

»Ja … Wir alle haben uns verändert und damit auch unsere Wahrnehmung der Welt um uns herum«, entgegnete Christian.

»Das wird sicher so bleiben, auch wenn wir irgendwann wieder in den Alltag eintauchen ... Ich habe dir ja von den Träumen erzählt, die ich während des Sturms hatte. Aus irgendeinem Grund wirkten sie realer als normale Träume, so als ob ich tatsächlich einer fremden Welt begegnet wäre.«

»Ich kann mir vorstellen, was du meinst ... Nicht zuletzt der Tod deiner Mutter lässt diese Träume in einem anderen Licht erscheinen.«

»Das stimmt. Vielleicht sind wir ja tatsächlich wie nächtliche Wanderer, die im Licht einer Taschenlampe nur einen Ausschnitt einer umfassenderen Wirklichkeit sehen und denen normalerweise verborgen bleibt, was dahinter liegt, außer wenn uns eine außergewöhnliche Erfahrung einen Blick in diese ansonsten unzugängliche Welt werfen lässt.«

»Ich glaube, du hast recht«, antwortete Christian und umarmte Rebecca, bevor er fortfuhr: »Für dich war dieser Traum nicht zuletzt auch eine Reise in die Vergangenheit deiner Familie.«

»Ja ... Natürlich habe ich die Erzählungen meiner Großmutter und den Inhalt der Bücher, die ich über die Zeit meiner Vorfahren gelesen hatte, in ihm verarbeitet. Er lässt manches in einem anderen Licht erscheinen, sogar die Beziehung zu meiner Mutter.«

»Vielleicht wird dadurch in der Tat einiges besser verständlich ... Auf jeden Fall wird jetzt das Verhältnis zu deiner Mutter langsam zu einem Teil der Vergangenheit werden, auch wenn es natürlich für immer Spuren in deinem Leben hinterlassen wird.«

»Ja«, erwiderte Rebecca, und die beiden umarmten einander.

Zwei Tage später sahen sie Michael wieder, der seine frühere Unbefangenheit und Selbstsicherheit vielleicht für immer verloren hatte. Wie schon an Bord der Yacht spürte Rebecca bei ihm eine tiefe Angst, die sie nie zuvor bemerkt hatte.

»Der Sturm muss für dich ein erschütterndes Erlebnis gewesen sein«, sagte Rebecca nach einer Weile.

»Ja«, antwortete Michael. »Die Wellen waren bis zu zehn Meter hoch und hätten das Boot mehrere Male fast zum Kentern gebracht. Wie gesagt, ohne die gute Reaktion des Autopiloten hätten wir möglicherweise nicht überlebt.«

»Es ist ein Wunder, dass wir während des ganzen Orkans geschlafen haben.«

»Ja. Ich beneide euch darum.«

Nach wie vor jedoch hatte Rebecca den Eindruck, dass es neben dem Orkan noch etwas anderes gab, was Michael zutiefst erschreckt hatte, was er aber peinlich verschwieg. Schließlich sagte sie:

»Nimm es mir nicht übel ... Ich will nicht aufdringlich sein, aber ich habe das Gefühl, dass es da außer dem Sturm noch etwas gab, was dich offenbar geängstigt hat.«

»Ja, du hast schon recht, und eigentlich bin ich froh, dass du diese Frage stellst ... Ich habe noch etwas anderes gesehen ... Objekte, die sich mit unglaublicher Geschwindigkeit am Himmel über uns bewegt haben und dann plötzlich über unserem Boot stillstanden, als ob sie es beobachten und untersuchen wollten, ohne dass der Orkan sie auch nur im Geringsten behindert hat. Einige dieser Objekte sind mehrmals ins Wasser eingetaucht und haben sich dort genauso schnell bewegt wie in der Luft, bevor sie dann in unmittelbarer Nähe unseres Bootes wieder aufgetaucht und ganz plötzlich verschwunden sind. Diese fliegenden Objekte waren zutiefst fremdartig, faszinierend ... und bedrohlich.«

Rebecca nickte und fragte:

»Was glaubst du, worum könnte es sich bei diesen Objekten gehandelt haben?«

»Wenn du mich fragst ... Es waren unbemannte, drohnenähnliche Geräte ... und sie waren nicht von dieser Welt. Aber natürlich will mir niemand glauben ... Ich habe gestern meiner Familie und einem Freund davon erzählt, aber alle halten meine Beobachtungen für Hirngespinste und meinen, dass es sich um optische Täuschungen oder einfach um Phantasieprodukte handelte. Mein Vater hat mir geraten, ich sollte richtig ausschlafen, dann würde ich diese angeblichen Wahrnehmungen schnell vergessen ... Aber leider ist es nicht so einfach ... Diese Dinge waren sehr real.«

Rebecca blickte ihm in die Augen und antwortete:

»Ich glaube dir. Du hast sicher etwas ganz Außergewöhnliches erlebt.«

»Danke für dein Verständnis. Es hilft mir ... wenigstens ein bisschen.«

Nachdem sie sich einige Zeit später von Michael verabschiedet hatten, sagte Christian:

»Du hattest mit deiner Ahnung recht ... Du bist offenbar die Einzige, die seine Beobachtung nicht als wilde Phantasie abtut. Das ist ungeheuer wichtig, und nicht nur für ihn allein. Mein Vater sagt aufgrund seiner langen Erfahrung als Arzt oft: `Man muss die Leute ernst nehmen.´ Natürlich stimmt das, aber im Zweifelsfall hält sich kaum jemand daran ... Du hast großes Interesse an der Raumfahrt und weißt viel darüber ... Glaubst du, dass seine Vermutung richtig ist und dass diese Objekte tatsächlich nicht von dieser Welt stammten?«

»Ich weiß es nicht ... Es ist sehr wohl denkbar ... Zwar bildet nach unserem bisherigen Wissen die Lichtgeschwindigkeit eine absolute Grenze und macht damit lange interstellare Raumflüge fast unmöglich, aber die technische und wissenschaftliche Entwicklung in der Vergangenheit hat gezeigt, dass sich scheinbar unüberwindliche Grenzen umgehen lassen ... Zwar ist es beispielsweise uns Menschen anatomisch nicht möglich zu fliegen, aber wir haben diese Grenze durch den Bau von Flugzeugen überwunden.«

»Auch der Freisetzung von Energie durch Verbrennung sind enge Grenzen gesetzt, aber durch die Entdeckung der Kernspaltung wurde auch diese Beschränkung praktisch aufgehoben.«

»Genau. Es gibt einige solcher Beispiele ... Mit der Lichtgeschwindigkeit und manchem anderen ist es vielleicht ähnlich. Ehrlich gesagt, ich halte es für sehr wahrscheinlich, dass er mit seiner Vermutung recht hat, auch wenn ich es sonst nicht so offen sagen würde ... Auf jeden Fall war diese Bootstour für uns alle eine Reise an die Grenzen dieser Welt ... und an die Grenze des Todes«, sagte Rebecca und wischte sich eine Träne aus dem Gesicht.

Christian umarmte sie lange und antwortete:

»Aber wir sind ins Leben zurückgekehrt wie Odysseus nach Ithaka.«

»Das stimmt«, erwiderte Rebecca, während sie einen Blick nach draußen warfen, wo ein starker Wind einige hellgraue Wolken über den blauen Frühlingshimmel trieb.